Les âmes grises

DU MÊME AUTEUR

Meuse l'oubli, *roman, Balland, 1999*

Quelques-uns des cent regrets, *roman, Balland, 2000*

J'abandonne, *roman, Balland, 2000*

Au revoir Monsieur Friant, *roman, Éditions Phileas Fogg, 2001*

Le Bruit des trousseaux, *récit, Stock, 2002*

Nos si proches orients, *récit, National Geographic, 2002*

Carnets cubains, *chronique, librairies Initiales, 2002 (hors-commerce)*

Les Petites Mécaniques, *nouvelles, Mercure de France, 2003*

Ouvrages illustrés

Le Café de l'Excelsior, *roman, avec des photographies de Jean-Michel Marchetti, La Dragonne, 1999*

Barrio Flores, *chronique, avec des photographies de Jean-Michel Marchetti, La Dragonne, 2000*

Pour Richard Bato, *récit, collection « Visible-lisible », Æncrages & Co, 2001*

La mort dans le paysage, *nouvelle, avec une composition originale de Nicolas Matula, Æncrages & Co, 2002*

Mirhaela, *nouvelle, avec des photographies de Richard Bato, Æncrages & Co, 2002*

Philippe Claudel

Les âmes grises

roman

LE GRAND LIVRE DU MOIS

Je suis là. Mon destin est d'être là.

Jean-Claude PIROTTE, *Un voyage en automne*

Être le greffier du temps
quelconque assesseur que l'on voit rôder
lorsque se mélangent l'homme et la lumière.

Jean-Claude TARDIF, *L'Homme de peu*

À la mémoire d'André Vers

I

Je ne sais pas trop par où commencer. C'est bien difficile. Il y a tout ce temps parti, que les mots ne reprendront jamais, et les visages aussi, les sourires, les plaies. Mais il faut tout de même que j'essaie de dire. De dire ce qui depuis vingt ans me travaille le cœur. Les remords et les grandes questions. Il faut que j'ouvre au couteau le mystère comme un ventre, et que j'y plonge à pleines mains, même si rien ne changera rien à rien.

Si on me demandait par quel miracle je sais tous les faits que je vais raconter, je répondrais que je les sais, un point c'est tout. Je les sais parce qu'ils me sont familiers comme le soir qui tombe et le jour qui se lève. Parce que j'ai passé ma vie à vouloir les assembler et les recoudre, pour les faire parler, pour les entendre. C'était jadis un peu mon métier.

Je vais faire défiler beaucoup d'ombres. L'une surtout sera au premier plan. Elle appartenait à un homme qui se nommait Pierre-Ange Destinat. Il fut procureur à V., pendant plus de trente ans, et il exerça son métier comme une horloge mécanique qui jamais ne s'émeut ni ne tombe en panne. Du grand art si l'on veut, et qui n'a pas besoin de musée pour se mettre en valeur. En 1917, au moment de l'*Affaire*, comme on l'a appelée chez nous tout en soulignant la majuscule avec des soupirs et des mimiques, il avait plus de soixante ans et avait pris sa retraite une année plus tôt. C'était un homme grand et sec, qui ressemblait à un oiseau froid, majestueux et lointain. Il parlait peu. Il impressionnait beaucoup. Il avait des yeux clairs qui semblaient immobiles et des lèvres minces, pas de moustache, un haut front, des cheveux gris.

V. est distant de chez nous d'une vingtaine de kilomètres. Une vingtaine de kilomètres en 1917, c'était un monde déjà, surtout en hiver, surtout avec cette guerre qui n'en finissait pas et qui nous amenait un grand fracas sur les routes, de camions et de charrettes à bras, et des fumées puantes ainsi que des coups de tonnerre par milliers car le front n'était pas loin, même si de là où nous étions, c'était pour nous comme un monstre invisible, un pays caché.

Destinat, on l'appelait différemment selon les endroits et selon les gens. À la prison de V., la plupart des pensionnaires le surnommaient *Bois-le-sang*. Dans une cellule, j'ai même vu un dessin au couteau sur une grosse porte en chêne qui le représentait. C'était d'ailleurs assez ressemblant. Il faut dire que l'artiste avait eu tout le temps d'admirer le modèle durant ses quinze jours de grand procès.

Nous autres dans la rue, quand on croisait Pierre-Ange Destinat, on l'appelait « Monsieur le Procureur ». Les hommes soulevaient leur casquette et les femmes modestes pliaient le genou. Les autres, les grandes, celles qui étaient de son monde, baissaient la tête très légèrement, comme les petits oiseaux quand ils boivent dans les gouttières. Tout cela ne le touchait guère. Il ne répondait pas, ou si peu, qu'il aurait fallu porter quatre lorgnons bien astiqués pour voir ses lèvres bouger. Ce n'était pas du mépris comme la plupart des gens le croyaient, c'était je pense tout simplement du détachement.

Malgré tout, il y eut une jeune personne qui l'avait presque compris, une jeune fille dont je reparlerai, et qui elle, mais pour elle seule, l'avait surnommé *Tristesse*. C'est peut-être par sa faute que tout est arrivé, mais elle n'en a jamais rien su.

Un procureur au début du siècle, c'était encore un grand monsieur. Et par un temps de guerre, quand un seul coup de mitraille fauche une compagnie solide de gaillards prêts à tout, demander la mort d'un homme seul et enchaîné relevait de l'artisanat. Je ne crois pas qu'il agissait par cruauté quand il réclamait et obtenait la tête d'un pauvre bougre qui avait assommé un postier ou éventré sa belle-mère. Il voyait l'imbécile, les cabriolets aux mains, en face de lui, entre deux agents, et c'est à peine s'il le remarquait. Il regardait pour ainsi dire à travers lui, comme si l'autre déjà n'existait plus. Destinat ne s'acharnait pas contre un criminel en chair et en os, mais défendait une idée, simplement une idée, l'idée qu'il se faisait du bien et du mal.

Le condamné hurlait à l'énoncé de la sentence, pleurait, rageait, levait parfois les mains au Ciel comme si soudain il se rappelait son catéchisme. Destinat ne le voyait déjà plus. Il serrait ses notes dans son portefeuille, quatre ou cinq feuilles de papier sur lesquelles il avait rédigé son réquisitoire avec sa petite écriture raffinée trempée dans de l'encre violette, une poignée de mots choisis qui avaient le plus souvent fait frémir l'assistance et réfléchir les jurés quand ils ne dormaient pas. Quelques mots qui avaient suffi à bâtir un échafaud en deux temps trois mouvements, plus vite et plus sûrement que deux compagnons menuisiers en une semaine.

Il n'en voulait pas au condamné, il ne le connaissait plus. La preuve, je l'ai vue de mes yeux, à la fin d'un procès, dans un couloir : Destinat sort avec sa belle hermine encore sur le dos et son air de Caton, et croise le futur mari de la Veuve : ce dernier l'apostrophe, plaintif. Il avait encore les yeux tout rouges de l'énoncé de la sentence, et sûr, à cette heure, il les regrettait les coups de fusil qu'il avait envoyés dans le ventre de son patron. « M'sieur l'Procureur, qu'il gémit, M'sieur l'Procureur... » et Destinat le regarde dans les yeux, comme sans voir les gendarmes et les menottes, et lui répond en lui mettant la main sur l'épaule : « Oui, mon ami, nous nous sommes déjà rencontrés, non ? Qu'y a-t-il pour votre service ? » Sans moquerie aucune, tout cela bien franchement. L'autre n'en est pas revenu. C'était comme une seconde sentence.

Après chaque procès, Destinat allait déjeuner au *Rébillon*, face à la cathédrale. Le patron est un gros homme à tête d'endive, jaune et blanc, avec une bouche pleine de mauvaises dents. Il s'appelle Bourrache. Il n'est pas très malin mais il a l'intelligence de l'argent. C'est sa nature. Il n'est pas à blâmer. Il porte toujours un grand tablier de drap bleu qui lui fait comme une allure de tonneau sanglé. Jadis il avait une femme qui ne quittait jamais le lit, à cause d'une maladie de langueur comme on dit chez nous où c'est assez fréquent de voir certaines se mettre à confondre les brouillards de novembre avec leur désarroi. Depuis, elle est morte, moins de sa maladie à laquelle elle avait dû s'attacher en définitive, que de ce qui est arrivé, de l'*Affaire*.

À l'époque, les trois filles Bourrache étaient des petits lys, mais avec une pointe de sang pur qui leur rehaussait le teint à le faire brûler. La dernière n'avait pas dix ans. Elle n'a pas eu de chance. Ou peut-être qu'elle en a eu beaucoup. Qui sait ?

Les deux autres n'avaient que des prénoms, Aline et Rose, alors que la petite, tout le monde l'appelait *Belle*, et certains qui se voulaient poètes, rajoutaient même, *Belle de jour*. Quand toutes les trois étaient dans la salle, à porter les carafes, les litrons et les couverts, au milieu de dizaines d'hommes qui parlaient fort et buvaient trop, il me semblait à les voir qu'on avait égaré des fleurs dans une taverne à malices. Et la petite surtout me paraissait si fraîche que je l'ai toujours vue très loin de notre monde.

Lorsque Destinat entrait dans le restaurant, Bourrache qui est un homme d'habitudes lui servait toujours la même phrase, sans changer la virgule « Encore un de rétréci, Monsieur le Procureur ! ». L'autre ne répondait pas. Bourrache ensuite l'installait. Destinat avait sa table, qui lui était réservée à l'année, une des meilleures. Je n'ai pas dit la meilleure car celle-là, il y en avait une – elle se frottait à l'énorme poêle de faïence et dominait au travers des rideaux à gifrures toute la place du Palais –, celle-là donc était pour le juge Mierck. C'était un fidèle. Il venait quatre fois par semaine. Son ventre le disait bien, bombé jusqu'au haut des cuisses, et sa peau aussi, balafrée de couperose comme si tous les bourgognes bus venaient se ranger là en attendant qu'on les déloge. Mierck n'aimait pas trop le Procureur. L'autre le lui rendait bien. Je crois même que ce que j'écris est bien en deçà de la vérité, mais on les voyait se saluer gravement, chapeau bas, comme deux hommes que tout oppose mais qui partagent malgré tout le même ordinaire.

Le plus curieux, c'était que Destinat venait peu au *Rébillon*, et pourtant il avait sa table, vide donc les trois quarts de l'année, ce qui représentait un beau manque à gagner pour Bourrache mais celui-ci ne l'aurait donnée pour rien au monde, même les jours de grande foire où tout ce que la contrée comptait comme paysans venait s'empiffrer après avoir tâté la croupe des vaches, bu un litre de prune depuis le lever du jour, avant d'aller se soulager au bordel de la Mère Nain. La table restait vide alors qu'on refusait du monde. Bourrache un jour a même foutu dehors un marchand de bestiaux qui prétendait l'exiger. L'autre n'est jamais revenu.

« Mieux vaut une table de Roi sans le Roi, qu'un client assis aux pieds pleins de fumier ! » Voilà ce qu'il m'a dit, Bourrache, un jour où je l'asticotais.

II

Premier lundi de décembre. Chez nous. 1917. Un temps de Sibérie. La terre claquait sous les talons et le bruit résonnait jusque dans la nuque. Je me souviens de la grande couverture qu'on avait jetée sur le corps de la petite, et qui s'est vite trempée, et des deux argousins, Berfuche, un courtaud aux oreilles de cochon sauvage avec des poils dessus, et Grosspeil, un Alsacien dont la famille s'était expatriée quarante années plus tôt, qui le surveillaient près de la berge. Un peu en retrait il y avait le fils Bréchut, un gaillard pansu, les cheveux raides comme des poils de balai, qui triturait son gilet, ne sachant trop ce qu'il fallait faire, rester ou partir. C'est lui qui l'avait découverte dans l'eau en allant à son travail. Il faisait des écritures à la capitainerie. Il en fait toujours, seulement il a vingt ans de plus et le crâne lisse comme une banquise.

Ce n'est guère gros un corps de dix ans, qui plus est mouillé par une eau d'hiver. Berfuche a tiré un coin de la couverture, puis a soufflé dans ses mains pour se réchauffer. Le visage de *Belle de jour* est apparu. Quelques corbeaux sont passés sans bruit.

Elle ressemblait à une princesse de conte aux lèvres bleuies et aux paupières blanches. Ses cheveux se mêlaient aux herbes roussies par les matins de gel. Ses petites mains s'étaient fermées sur du vide. Il faisait si froid ce jour-là que les moustaches de tous se couvraient de neige à mesure qu'ils soufflaient l'air comme des taureaux. On battait la semelle pour faire revenir le sang dans les pieds. Dans le ciel, des oies balourdes traçaient des cercles. Elles semblaient avoir perdu leur route. Le soleil se tassait dans son manteau de brouillard qui s'effilochait de plus en plus. Même les canons semblaient avoir gelé. On n'entendait rien.

« C'est peut-être enfin la paix, hasarda Grosspeil.

– La paix mon os ! » lui lança son collègue qui rabattit la laine trempée sur le corps de la petite.

On attendit les messieurs de V. Ils arrivèrent enfin, accompagnés du maire qui avait la tête des mauvais jours, celle qu'on a quand on est tiré du lit à des heures peu chrétiennes, et qui plus est par un temps où on ne mettrait pas un chien dehors. Il y avait le juge Mierck, son greffier dont je n'ai jamais su le nom mais que tout le monde appelait *Croûteux*, en raison d'un vilain eczéma qui lui dévorait la moitié gauche de la face, trois gendarmes gradés qui ne se prenaient pas pour des demi-ronds de flan, et puis un militaire. Je ne sais pas ce qu'il faisait là le militaire, en tout cas, on ne l'a pas vu longtemps : il a tourné de l'œil très vite et il a fallu le porter au café Jacques. Ce pavaneur n'avait jamais dû approcher d'une baïonnette, sauf dans une armurerie, et encore ! Ça se voyait à son uniforme repassé impeccablement, et taillé comme pour un mannequin de chez Poiret. La guerre, il devait la faire près d'un bon fourneau en fonte, assis dans un grand fauteuil de velours, et puis la raconter le soir venu, sous des lambris dorés et des pampilles de cristal, à des jeunes filles en robe de bal, une flûte de champagne à la main, parmi les flonflons perruqués d'un orchestre de chambre.

Le juge Mierck, sous son chapeau Cronstadt et ses allures repues de bonne chère, c'était un pète-sec. Les sauces au vin lui coloraient peut-être les oreilles et le nez, mais elles ne l'attendrissaient pas. Il enleva la couverture lui-même, et regarda *Belle de jour*, longtemps. Les autres attendaient un mot, un soupir, après tout, il la connaissait bien, il la voyait tous les jours ou presque quand il allait se goinfrer au *Rébillon*. Il regarda le petit corps comme s'il s'était agi d'une pierre, ou d'un morceau de bois : sans cœur, avec un œil aussi glacé que l'eau qui courait à deux pas.

« C'est la petite de Bourrache », lui murmura-t-on à l'oreille, d'un air de dire : « La pauvre petite, elle n'avait que dix ans, vous vous rendez compte, hier encore elle vous apportait le pain et lissait votre nappe. » Il fit la cabriole sur ses talons, d'un coup, vers celui qui avait osé lui parler. « Et alors, qu'est-ce que vous voulez que ça me foute ? Un mort c'est un mort ! »

Pour nous autres avant cela, le juge Mierck, c'était le juge Mierck, point à la ligne. Il avait sa place et il la tenait. On ne l'aimait guère mais on lui montrait du respect. Mais après ce qu'il dit en ce premier lundi de décembre, devant la dépouille trempée de la petite, et surtout, comment il le dit, bien cassant, un peu rieur, avec dans les yeux le vif du plaisir d'avoir un crime, enfin, un vrai – car c'en était un, on ne pouvait pas en douter ! –, dans ce moment de guerre où tous les assassins chômaient dans le civil pour mieux s'acharner sous l'uniforme, après sa réponse donc, le pays lui tourna le dos, d'un coup, et ne songea plus à lui qu'avec dégoût.

« Bien, bien, bien, bien... », reprit-il en chantonnant, comme s'il s'apprêtait à aller au jeu de quilles ou à une partie de chasse. Puis il eut faim. Une lubie, un caprice : il lui fallait des œufs mollets, « mollets, pas coque ! », précisa-t-il, des œufs sur-le-champ, là au bord du petit canal, par 10 degrés sous zéro, à côté du corps de *Belle de jour* : cela aussi a choqué les esprits !

Un des trois gendarmes qui était revenu après avoir déposé la chochotte à galons repartit en cavalant, aux ordres, pour lui dénicher ses œufs, « plus que des œufs, des petits mondes, des petits mondes » c'est ainsi qu'il appelait cela, le juge Mierck, en cassant la coquille avec une minuscule massette d'argent ciselé qu'il sortait à chaque fois tout exprès de son gousset, parce que ça lui prenait souvent cette lubie, qui lui faisait se barbouiller la moustache de jaune d'or.

En attendant ses œufs, mètre par mètre il fouilla de son œil les environs, sifflotant, les mains réunies dans le dos, pendant que les autres cherchaient toujours à se réchauffer. Et il parla, on ne l'arrêtait plus. Dans sa bouche, il n'y avait plus de *Belle de jour*, pourtant lui aussi l'appelait ainsi jadis, je l'avais moi-même entendu. Il disait dorénavant la *victime*, comme si la mort en plus d'ôter la vie enlevait aussi les jolis noms des fleurs.

« C'est vous qui avez repêché la victime ? »

Le fils Bréchut fouille toujours son gilet comme s'il veut s'y cacher. Il dit oui de la tête, et l'autre lui demande s'il a perdu sa langue. Le fils Bréchut répond que non, encore de la tête. Tout cela, on le sent, irrite le juge qui commence à perdre la bonne humeur que l'assassinat vient de lui donner, surtout que le gendarme tarde et que les œufs n'arrivent pas. Alors le fils Bréchut consent à des détails, et l'autre l'écoute, en murmurant « bien, bien, bien... » de temps en temps.

Les minutes passent. Il fait toujours aussi froid. Les oies ont fini par disparaître. L'eau s'écoule. Un pan de la couverture y trempe et le courant l'agite et le retourne, le fait bouger, on dirait une main qui bat la mesure, qui s'enfonce et qui réapparaît. Mais cela, le juge ne le voit pas. Il écoute le récit du fils Bréchut, n'en perd pas une miette, a oublié ses œufs. L'autre a encore à cette heure les idées claires, mais plus tard il en fera un roman, à force de passer dans tous les cafés pour raconter l'histoire et se faire rincer par tous les patrons. Il terminera fin saoul vers minuit à brailler le nom de la petite, avec des trémolos fébriles, et à pisser sur son pantalon tous les canons bus à droite et à gauche. À la toute fin de sa soirée, poché comme un goret, il ne faisait plus que les gestes, devant un public nombreux. Des beaux gestes, sérieux et dramatiques, que le vin rendait encore plus parlants.

Les grosses fesses du juge Mierck débordaient de son siège de chasse, un trépied en peau de chameau et bois d'ébène qui nous avait fait grande impression les premières fois où il l'avait sorti – retour des colonies... il avait passé trois années à pourchasser des voleurs de poulets et des pilleurs de grain vers l'Éthiopie ou quelque chose comme ça. Il le pliait et le dépliait sans cesse sur le champ des enquêtes, méditant dessus comme un peintre à côté d'un modèle ou s'en amusant en l'air comme d'une canne à pommeau, façon général en mal de batailles.

Le juge avait écouté Bréchut tout en mangeant ses œufs, car ils avaient fini par arriver, apportés dans un grand torchon blanc qui fumait par le gendarme servile qui avait couru, le petit doigt sur la couture du pantalon. La moustache du juge était maintenant jaune et grise. Les coquilles gisaient à ses pieds. Il les écrasa avec son talon tout en s'essuyant les lèvres avec un grand mouchoir de batiste. On aurait cru entendre se briser les os de verre d'un couple d'oiseaux. Les débris de coquilles se collèrent à sa botte à la manière de minuscules éperons tandis qu'à côté, à quelques pas seulement, *Belle de jour* reposait toujours sous son linceul de laine trempée. Ça ne lui avait pas gâté ses œufs au juge. Je suis même sûr qu'il les avait trouvés bien meilleurs, rien qu'à cause de cela.

Bréchut avait fini son histoire. Le juge l'avait mâchonnée en même temps que ses *petits mondes*, en connaisseur. « Bien, bien, bien... », dit-il en se levant et en rajustant son plastron.

Puis il regarda le paysage comme pour le scruter au fond des yeux. Toujours raide et le chapeau très droit.

Le matin coulait sa lumière et ses heures. Tous les hommes étaient plantés à la façon de figurines de plomb sur un théâtre miniature. Berfuche avait le nez rouge et les yeux larmoyants. Grosspeil prenait la couleur de l'eau. *Croûteux* tenait son calepin à la main sur lequel il avait déjà pris des notes, et grattait parfois sa joue malade que le froid marbrait de traces blanches. Le gendarme aux œufs paraissait de cire. Le maire était reparti à sa mairie, bien content de se rentrer au chaud. Il avait fait son petit devoir. Le reste ne le concernait plus.

Le juge happait l'air bleu à pleins poumons, les mains dans le dos, en sautillant sur place. On attendait Victor Desharet, le médecin de V. Mais le juge n'était plus pressé. Il savourait l'instant et le lieu. Il essayait de l'inscrire au plus profond de sa mémoire où il y avait déjà bien des décors de crimes et des paysages d'assassinat. C'était son musée à lui, et je suis sûr que lorsqu'il le parcourait, il devait lui venir des frissons qui n'avaient rien à envier à ceux des meurtriers. La frontière est si mince entre la bête et le chasseur.

Le médecin arrive : le juge et lui, la fine équipe ! Ils se connaissent depuis le lycée. Ils se tutoient, mais dans leur bouche, c'est si curieusement formé que l'on dirait un vouvoiement. Ils mangent ensemble souvent, au *Rébillon* et dans d'autres auberges ; ça dure des heures ; tout y passe, et surtout les cochonnailles et les abats : museau, gras-double à la crème, pieds panés, tripes, cervelle, rognons frits. À force de se connaître et de s'envoyer les mêmes choses, ils ont fini par se ressembler : même teint, mêmes plis trop riches sous le cou, même ventre, mêmes yeux qui semblent survoler le monde et éviter la boue des rues ainsi que les apitoiements.

Desharet regarde le corps comme un cas d'école. On voit qu'il s'inquiète de se mouiller les gants. Pourtant, lui aussi la connaissait bien la petite, mais sous ses doigts ce n'est plus une enfant morte, c'est devenu juste un cadavre. Il touche les lèvres, soulève les paupières, dégage le cou de *Belle de jour*, et là, tout le monde aperçoit les marbrures violettes qui lui faisaient comme un collier. « Strangulation ! » déclare-t-il. Fallait pas être sorti de Polytechnique pour le dire, mais enfin, là, dans ce matin gelé, tout près du petit corps, le mot donne une gifle.

« Bien, bien, bien... », reprend le juge, tout content d'avoir un meurtre, un vrai, à se mettre sous la dent, un meurtre d'enfant en plus, et de petite fille pour couronner le tout. Et puis là, tout en tournant sur ses talons avec des mines et des poses, la moustache collée au jaune d'œuf, il dit :

« Et cette porte, qu'est-ce que c'est ? » Alors tout le monde regarde la porte en question comme si elle venait d'apparaître à la façon d'une Vierge Marie, une petite porte entrouverte sur des herbes gelées et foulées, une porte qui troue une large enceinte de hauts murs et derrière cette enceinte un parc, un parc sérieux avec des arbres sérieux et derrière tous ces arbres qui entrelacent leurs branchages nus, la silhouette d'une haute demeure, une maison de maître, une grande bâtisse compliquée.

C'est Bréchut qui répond en se tordant les mains sous le froid :

« Ben c'est le parc du Château...

– Un château..., reprend le juge comme s'il se foutait de lui.

– Ben oui, le château du Procureur.

– Voyez-vous cela, c'est donc là... », fit le juge, plus pour lui-même que pour nous autres qui ne devions alors pas plus compter que des crottes de musaraigne. On aurait cru que ça le mettait en joie d'entendre évoquer le nom de son rival, et que ce nom s'enrubanne aux relents d'une mort violente, d'un puissant comme lui qu'il haïssait on ne savait trop pourquoi d'ailleurs, peut-être tout simplement parce que le juge Mierck ne pouvait que haïr, que c'était là sa nature profonde.

« Bien, bien, bien... », reprit-il, soudain gaillard, en tassant son gros corps sur son repose-fesses exotique qu'il avait placé juste en face de la petite porte qui donnait dans le parc du Château. Et il resta ainsi longtemps, à se faire geler comme un bouvreuil sur un fil à linge, tandis que les gendarmes se tapaient les pieds et soufflaient dans leurs gants, que le fils Bréchut ne sentait plus son nez et que *Croûteux* virait au gris-violet.

III

Il faut dire que le Château, ce n'est pas rien tout de même. Il en impose même aux plus coriaces avec ses murs en brique et ses toits en ardoise qui composent comme un bijou au quartier cossu – oui, oui, nous en avons un, ainsi qu'une clinique qui ne désemplissait pas en ces années de boucherie mondiale, deux écoles, l'une pour les filles, l'autre pour les garçons, et une Usine, énorme, avec des cheminées rondes qui grattent le ciel et lui lancent, été comme hiver, la nuit comme le jour, des panaches de fumée et de poussières de suie. Elle fait vivre tout le pays depuis qu'elle s'est installée à la fin des années quatre-vingt. Rares sont les hommes qui n'y travaillent pas. Tous ou presque ont quitté pour elle les vignes et les champs. Et depuis, la friche et les ronces ont galopé le long du grand coteau, dévorant les vergers, les ceps, les sillons de bonne terre.

Notre ville n'est pas très grosse. Ce n'est pas V., loin s'en faut. Pourtant, on peut s'y perdre. J'entends par là qu'elle comporte suffisamment de coins d'ombre et de belvédères pour que tout un chacun puisse y trouver de quoi flatter sa mélancolie. C'est à l'Usine que l'on doit la clinique, les écoles, et la petite bibliothèque où n'entrent pas n'importe quels ouvrages.

Le patron de l'Usine n'a pas de nom ni de visage, c'est un *groupe*, comme on dit, et ceux qui veulent faire les malins rajoutent, un *consortium*. Des rangées de logements ont poussé dans ce qui jadis était emblavé. De pleines petites rues construites à l'identique les unes des autres. Des maisons louées pour rien, ou pour beaucoup – le silence, l'obéissance, la paix sociale –, à des ouvriers qui n'en espéraient pas tant, et à qui ça a fait tout drôle de pisser dans un water et non plus dans un trou noir percé au milieu d'une planche de sapin. Les anciennes fermes, les rares qui font encore de la résistance, se sont massées les unes contre les autres, bien serrées autour de l'église, comme par un réflexe, épousant leurs vieux murs et leurs fenêtres basses, et lançant au-dehors par des portes de grange entrouvertes leurs odeurs aigres d'étable et de lait caillé.

On nous a même creusé deux canaux, un grand et un petit. Un grand pour les péniches qui viennent amener le charbon et le calcaire et remporter le carbonate de soude. Le petit pour alimenter le grand si quelquefois il venait à manquer d'eau. Les travaux ont bien duré dix ans. Des messieurs en cravate se promenaient partout, des billets plein les poches, et rachetaient les terrains à tour de bras. En ces temps, on pouvait ne pas dessaouler du mois tant ils avaient la tournée facile. Puis un jour on ne les a plus vus. Ils étaient repartis. La ville leur appartenait. Tout le monde a décuité. Après, il a fallu travailler. Travailler pour eux.

Pour en revenir au Château, l'honnêteté pousse à dire que c'est la demeure la plus imposante du bourg. Le vieux Destinat, je veux parler du père, l'avait fait construire juste après le désastre de Sedan. Et il n'avait pas lésiné. Dans notre pays, si on parle peu, on aime parfois en imposer par d'autres moyens. Le Procureur l'a toujours habité. Il a même fait mieux : il y est né et il y est mort.

Le Château est immense, il n'est pas à taille humaine. D'autant plus que la famille n'a jamais été nombreuse. Le vieux Destinat, dès qu'il a eu un fils, a arrêté la machine. Il était comblé, officiellement. Ce qui ne l'a pas empêché de farcir quelques ventres de très jolis bâtards, à qui il a donné une pièce d'or jusqu'à leurs vingt ans, et une belle lettre de recommandation au premier jour de leurs vingt et un, ainsi qu'un pied au cul symbolique pour qu'ils aillent vérifier très loin si la Terre était bien ronde. Chez nous, on appelle cela de la générosité. Tout le monde n'agit pas ainsi.

Le Procureur était le dernier des Destinat. Il n'y en aura pas d'autres. Non pas qu'il ne fût pas marié, mais sa femme est morte trop tôt, six mois après leurs noces, où tout ce que la région comptait comme fortune et notabilité s'était donné rendez-vous. La jeune fille était une de Vincey. Ses ancêtres s'étaient battus à Crécy. Ceux de tout le monde aussi sans doute, mais personne ne le sait et chacun s'en fiche.

J'ai vu un portrait d'elle, contemporain de son mariage, accroché dans le vestibule du Château. Le peintre était venu de Paris. Il avait saisi au travers du visage la fin prochaine. C'était frappant cette pâleur de future morte, et cette résignation dans les traits. Elle se prénommait Clélis. Ce n'est pas banal, et c'est très joliment gravé dans le marbre rose de sa tombe.

Le parc du Château, un régiment entier pourrait s'y cantonner sans se gêner aux entournures. Il est bordé d'eau : au fond, il y a un petit sentier communal qui sert de raccourci entre la place de la Mairie et le port d'embarquement, puis le petit canal dont j'ai parlé et sur lequel le vieux avait fait jeter un pont japonais, peinturluré au badigeon. Les gens l'appellent *le Boudin*, parce que sa couleur rappelle celle du sang cuit. Sur l'autre rive, on voit les grandes fenêtres d'un haut bâtiment, le laboratoire de l'Usine où les ingénieurs s'ingénient à chercher comment faire gagner plus d'argent à leur patron. Sur la droite du parc musarde une rivière étroite et sinueuse, la Guerlante, dont le nom rend bien compte de son cours ralenti tout en tourbillons et nénuphars. L'eau imprègne tout. Le parc du Château, c'est comme un grand tissu trempé. Les herbes dégouttent sans cesse. Un endroit à attraper du mal.

C'est ce qui arriva à Clélis Destinat : tout fut réglé en trois semaines, entre la première visite du docteur et la dernière pelletée d'Ostrane, le fossoyeur, qui la déverse toujours très lentement celle-là. « Et pourquoi celle-là et pas les autres ? » lui ai-je demandé un jour. « Parce que celle-là, m'a-t-il répondu en me regardant de ses yeux de puits sombre, parce que celle-là, il faut qu'elle reste dans les mémoires... » Ostrane, c'est un peu un causeur, il aime faire de l'effet. Il s'est trompé d'emploi, je l'aurais bien vu dans les théâtres.

Le vieux Destinat venait tout droit de la terre, mais en cinquante ans il avait tout de même bien réussi à se nettoyer, à coups de billets et de sacs d'or. Il avait changé de monde. Il employait six cents personnes, possédait cinq fermes mises en métairie, huit cents hectares de forêt, tout en chênes, des pâtures à n'en plus finir, dix immeubles de logement à V., et un bon matelas d'actions – et pas des foireuses, pas des Panama ! – sur lequel dix hommes auraient pu dormir sans se mettre des coups de coude.

Il recevait et il était reçu. Partout. Aussi bien chez l'évêque que chez le préfet. Il était devenu quelqu'un.

Je n'ai pas parlé de la mère de Destinat. Elle, c'était autre chose : elle venait du meilleur monde, celui de la terre aussi, mais pas celui qui la travaille, celui qui la possède depuis toujours. En dot, elle avait apporté à son mari plus de la moitié de ce qu'il possédait, et quelques bonnes manières. Puis elle s'était retirée, dans les livres et dans les ouvrages de dames. Elle eut le droit de choisir un prénom à son fils : ce fut *Ange*. Le vieux rajouta Pierre. Il trouvait que *Ange* manquait de nerfs et de virilité. Ensuite, son fils, elle ne le vit plus, ou presque. Entre les nurses anglaises des premiers âges et l'internat du collège des jésuites, le temps passa plus vite qu'un battement de cils. La mère donna un geignard à la peau rose et aux yeux gonflés, elle retrouva un jour devant elle un jeune homme un peu raide, sur le menton duquel trois poils poussaient entre deux boutons, et qui la regardait de haut, en vrai petit monsieur pétri de latin, de grec, d'importance et de rêves de coq.

Elle mourut comme elle avait vécu : dans le retrait. Peu s'en rendirent compte. Le fils était à Paris pour son droit. Il revint pour l'enterrement encore davantage petit jeune homme frotté de capitale et de conversation, la badine en bois clair, le collet impeccable et la lèvre surmontée d'une fine moustache pommadée *à la Jaubert*, le dernier chic ! Le vieux commanda le plus beau cercueil au menuisier, qui pour l'unique fois de sa vie mania du palissandre et de l'acajou avant de visser des poignées en or. Du vrai or. Puis il fit bâtir un caveau sur lequel une statue en bronze tend ses mains vers le ciel tandis qu'une autre agenouillée pleure en silence : ça ne veut pas dire grand-chose mais c'est du plus bel effet.

À la suite du deuil, le vieux ne changea guère ses habitudes. Il se fit juste tailler trois costumes en drap noir et des brassards de crêpe.

Le lendemain de la cérémonie, le fils repartait pour Paris. Il y resta encore de nombreuses années.

Puis un jour il réapparut, trop sérieux et devenu procureur. Ce n'était plus le jeune merdeux qui avait lancé trois roses sur le cercueil de sa mère avec une moue de suffisant avant de filer tout aussi sec de peur de rater son train. On aurait dit que quelque chose l'avait brisé du dedans, un peu plié. Mais on n'a jamais su quoi.

Plus tard son veuvage acheva de le casser. Il l'éloigna aussi. Du monde. De nous autres. De lui-même sans doute. Je crois qu'il l'aimait sa jeune fleur de serre chaude.

Le vieux Destinat mourut huit ans après sa femme, d'une attaque sur un chemin creux, tandis qu'il allait visiter une de ses métairies, pour rabrouer le fermier, et peut-être même le mettre à la porte. On le retrouva la bouche ouverte et le nez écrasé dans une boue bien épaisse du début d'avril que l'on doit ici aux pluies qui cinglent alors le ciel et transforment la terre en une pâte prenante. Il avait fini par retourner d'où il était venu. La boucle était bouclée. Son argent ne lui avait pas servi à grand-chose. Il était mort en garçon de ferme.

Et le fils fut alors vraiment seul. Seul dans la grande maison.

S'il avait gardé l'habitude de regarder le monde de haut, il se contentait pourtant de peu. Une fois passée sa jeunesse de godelureau qui portait beaux habits et œil frisé, il ne resta plus qu'un homme qui avançait dans l'âge. Son travail l'occupait tout entier. À l'époque du vieux, le Château employait six jardiniers, un garde, une cuisinière, trois valets de pied, quatre femmes de chambre et un chauffeur. Toute cette tribu menée à la baguette se serrait dans des communs étroits et dans des chambres sous les combles où durant l'hiver l'eau gelait dans les brocs.

Le Procureur remercia les uns et les autres. Il ne fut pas pingre. À chacun il donna une belle lettre et une coquette somme. Il ne garda que la cuisinière, Barbe, qui devint aussi par la force des choses femme de chambre, et son mari qu'on appelait *le Grave* car personne ne l'avait jamais vu sourire, même pas sa femme qui, elle, avait toujours le visage plissé et joyeux. *Le Grave* s'occupa comme il le pouvait de l'entretien du domaine et de toutes sortes de travaux mineurs. Le couple sortait peu. On ne les entendait guère. Le Procureur non plus d'ailleurs. La maison semblait ensommeillée. Le toit d'une tourelle prenait l'eau. Une grande glycine qu'on laissait courir étouffait de ses ramures plusieurs persiennes. Quelques pierres d'angle éclatèrent sous le gel. La maison vieillissait comme les hommes.

Destinat ne recevait jamais. Il avait tourné le dos à tout. Tous les dimanches, il se rendait à la messe. Il avait son banc, marqué des initiales de la famille taillées au ciseau à bois dans la masse de chêne. Il n'en ratait pas une. Le curé le caressait du regard dans les sermons comme s'il s'était agi d'un cardinal ou d'un complice. Puis à la fin, une fois la troupe à casquettes et à fichus brodés sortie de l'antre, il le raccompagnait jusqu'au parvis. Sous la volée de cloches, tandis que Destinat rechaussait ses gants en chevreau – il avait des mains fines comme celles d'une dame, et des doigts minces comme des fume-cigarettes –, ils se disaient des propos de rien, mais avec le ton de ceux qui savent, l'un pour connaître les âmes, l'autre pour en avoir fait le tour. Le ballet était réglé. Puis il rentrait chez lui, et chacun de s'imaginer sa solitude et de gloser sur elle.

Un jour, un des directeurs de l'Usine vint solliciter la faveur d'être reçu au Château. Protocole, échange de cartons, courbettes et chapeau bas. Il est reçu. Ce directeur, c'était un gros Belge rieur, à favoris roux frisés, court sur pattes et vêtu comme un *gentleman* de roman, avec rase-pet, pantalon à carreaux, soutache et *boots* vernies. Bref, Barbe arrive avec un grand plateau et tout le nécessaire à thé. Elle les sert. Elle disparaît. Le Directeur bavarde. Destinat parle peu, boit peu, ne fume pas, ne rit pas, écoute poliment. L'autre tourne autour du pot, parle billard pendant dix bonnes minutes, puis chasse au perdreau, bridge, cigares de la Havane, et enfin gastronomie française. Voilà déjà trois quarts d'heure qu'il est là. Il s'apprête à traiter du temps qu'il fait mais Destinat soudain regarde sa montre, un peu en biais, mais lentement tout de même, pour laisser le loisir à l'autre de le voir.

Le Directeur comprend, tousse, pose sa tasse, tousse encore, la reprend, puis il finit par se lancer : il a une faveur à demander, mais il ne sait pas s'il va oser, il hésite, en fait, il craint d'être inopportun, peut-être grossier... Il finit tout de même par se jeter à l'eau : le Château est grand, très grand, et il y a les dépendances, en particulier cette petite maison dans le parc, inhabitée, mais coquette, indépendante. Son problème au Directeur, c'est que l'Usine marche bien, trop bien, et qu'il faut de plus en plus de personnel, et surtout des ingénieurs, des chefs, mais qu'on n'a plus rien pour les loger ces chefs, parce que, n'est-il pas, on ne va pas les mettre dans des cités, dans les maisons d'ouvriers, non, les frotter à ces gens qui couchent parfois à quatre par lit, qui boivent du gros vin, qui jurent tous les dix mots, qui se reproduisent comme des animaux, jamais ! Alors, une idée lui est venue au Directeur, juste une idée... si Monsieur le Procureur acceptait, mais rien ne l'y oblige bien sûr, chacun est maître chez soi, mais malgré tout, s'il acceptait de louer la petite maison du parc, l'Usine et le Directeur lui en seraient si reconnaissants, ils paieraient cher évidemment, et on n'y mettrait pas n'importe qui, rien que du beau linge, poli, discret, silencieux, que des sous-chefs à défaut de chefs, et sans enfants, il donne sa parole le Directeur, et il sue à grosses gouttes sous son faux col et dans ses *boots*. Il se tait, il attend, il n'ose même plus regarder Destinat qui s'est levé et qui contemple le parc, et la brume qui s'enveloppe sur elle-même.

Il y a un silence qui dure. Le Directeur regrette déjà sa démarche quand soudain

Destinat se retourne et lui dit que c'est d'accord. Comme ça. D'une voix blanche. L'autre n'en revient pas. Il s'incline, balbutie, bredouille, remercie des manches et des mots, marche à reculons, puis s'en va avant que son hôte ne change d'avis.

Pourquoi le Procureur avait-il accepté ? Peut-être simplement pour que le Directeur s'en aille vite ce jour-là, et le laisse de nouveau dans son silence; ou peut-être avait-il pris plaisir à ce qu'on lui demande quelque chose, au moins une fois dans sa vie, quelque chose d'autre que de donner la mort ou de la refuser.

IV

C'était dans les années 97-98, environ. C'est loin. L'Usine a payé les travaux de réfection de la petite maison du parc. L'humidité l'avait rongée comme une vieille cale. On y avait entreposé jusque-là ce dont on n'avait plus besoin, un peu de tout et de rien, des armoires déboîtées et des pièges à rats, des faux rouillées minces comme des croissants de lune, des pierres, des ardoises, une calèche façon tilbury, des jouets hors d'usage, des écheveaux de ficelle, des outils de jardin, des vêtements en lambeaux et quantité de massacres de cerfs et de trognes de sangliers, le tout bien mort et empaillé – le vieux était un chasseur enragé – et que le fils qui faisait couper des têtes mais détestait les voir, avait fait mettre là, en tas. Les araignées avaient tissé dessus bien des toiles qui donnaient à l'ensemble une patine antique, façon sarcophage et mystères égyptiens. Pour toiletter l'ensemble après le gros œuvre, un décorateur était venu exprès de Bruxelles.

Le premier locataire arriva sitôt les travaux terminés. Il fut remplacé six mois plus tard par le deuxième, et celui-là ensuite partit aussi, et il en vint un troisième, et puis un quatrième, et ainsi de suite. On ne les compta plus. Il en passa beaucoup, qui restaient tous moins d'une année, et qui se ressemblaient. Les gens les appelaient du même nom. Ils disaient « Tiens voilà le Locataire qui passe ! ». C'étaient de grands garçons encore assez jeunes, qui ne faisaient pas de bruit, ne sortaient jamais, n'amenaient aucune femme, avaient des consignes. Pour le reste, départ à sept heures à l'Usine, retour à huit après un dîner pris dans une grande bâtisse qu'on appelle ici *le Casino* – on se demande d'ailleurs pourquoi, on n'y a jamais joué à rien ! – et qui servait de cantine à ces messieurs les ingénieurs. Parfois certains d'entre eux osaient quelques pas, le dimanche, dans le parc. Destinat ne disait rien, laissait faire. Il les regardait derrière ses fenêtres et attendait qu'ils soient rentrés pour aller lui-même se promener, et s'asseoir sur un banc.

Les années passèrent. La vie de Destinat semblait suivre un rite immuable, entre le palais de V., le cimetière où chaque semaine il se rendait sur la tombe de sa femme, et le Château dans lequel il demeurait, enfermé, comme invisible, dans un retrait du monde qui tissa autour de lui, peu à peu, un habit d'austère légende.

Il avançait en âge mais il restait le même. En tout cas en apparence. Toujours ce sérieux qui donnait froid, et ce silence qui paraissait épais comme un siècle bien rempli. Si on voulait entendre sa voix, qu'il avait d'ailleurs très douce, il suffisait d'aller à un procès. Il y en avait souvent. Le crime chez nous est plus nombreux qu'ailleurs. C'est peut-être parce que les hivers sont longs et qu'on s'y ennuie, et que les étés sont si chauds qu'ils mettent le sang en fusion dans les veines.

Les jurés ne comprenaient pas toujours ce que le Procureur voulait dire : il avait trop lu, et eux pas assez. Parmi eux, il y avait de tout, mais rarement des gros : c'étaient la plupart du temps des gens de rien. Les artisans rancis côtoyaient les paysans rougeauds, les petits fonctionnaires à la besogne, les curés à la soutane usée qui venaient d'une paroisse de pleine campagne après s'être levés avant le soleil, les voituriers, les ouvriers fourbus. Tous étaient sur le même banc, le bon. Beaucoup auraient pu se retrouver sur celui d'en face, entre les deux agents à moustaches, raides comme des images d'Épinal. Et cela, au fond d'eux-mêmes, je suis certain qu'obscurément ils le savaient, ils s'en rendaient compte sans vouloir se l'avouer, et c'est ce qui les faisait souvent si haineux et si définitifs envers celui qu'ils avaient à juger, celui qu'ils auraient pu être en somme, leur frère de malchance ou de courage.

Quand la voix de Destinat s'élevait dans le prétoire, tous les murmures cessaient. Il semblait que la salle se réajustait, comme lorsque l'on est devant un miroir et que l'on tire sur sa chemise pour en faire saillir le col. Une salle qui se regarde et qui arrête de respirer. C'est dans ce silence que le Procureur jetait ses premiers mots. Et le silence devant eux se déchirait. Jamais plus de cinq feuillets, quelle que soit l'affaire, quel que soit l'accusé. Son truc au Procureur était simple comme bonjour. Pas d'esbroufe. Une peinture froide et minutieuse du crime et de la victime, c'est tout. Mais c'est déjà beaucoup, surtout quand on ne tait aucun détail. Le plus souvent, le rapport du médecin lui servait de bréviaire. Il s'y tenait. Il lui suffisait de le lire, et sa voix s'attardait sur les mots les plus coupants. Il n'oubliait pas une plaie, pas une entaille, pas la moindre ciselure d'une gorge tranchée ou d'un ventre ouvert. Le public et les jurés voyaient soudain devant eux des images qui venaient de très loin, du plus sombre, pour illustrer le mal et ses métamorphoses.

On dit souvent que l'on craint ce que l'on ne connaît pas. Je crois plutôt que la peur naît quand on apprend un jour ce que la veille on ignorait encore. C'était ça son secret à Destinat :

jeter l'air de rien sous la face des bien contents des choses près desquelles ils ne voulaient pas vivre. Le reste était tout cuit. Le triomphe assuré. Il pouvait demander la tête. Les jurés la lui donnaient sur un plateau d'argent.

Ensuite, il pouvait aller déjeuner au *Rébillon*. « Encore un de rétréci, Monsieur le Procureur ! » Bourrache le précédait à sa table, lui tirait la chaise avec des manières faites pour un seigneur. Destinat dépliait son couvert, faisait tinter son verre du plat de son couteau. Le juge Mierck le saluait muettement, et Destinat lui rendait son salut de la même manière. Tous deux se tenaient à moins de dix mètres de distance. Chacun à sa table. Jamais ils n'échangeaient un mot. Mierck mangeait en ogre sale, la serviette nouée autour du cou comme un valet d'écurie, les doigts graisseux de sauce et l'œil déjà troublé par les fillettes de brouilly. Le Procureur avait de l'éducation, lui. Il coupait son poisson comme en le caressant. La pluie tombait toujours. Le juge Mierck engouffrait ses desserts. *Belle de jour* somnolait près du grand âtre, bercée par sa fatigue et la gigue des flammes. Le Procureur s'attardait dans les replis de son rêve douceâtre.

Déjà, quelque part, on affûtait une lame et montait un échafaud.

On m'a dit que les talents de Destinat et sa fortune auraient pu le mener bien haut. Au lieu de quoi, il resta toute sa vie chez nous. C'est-à-dire nulle part, c'est-à-dire dans un pays où pendant des années la rumeur de la vie ne nous est parvenue que comme une musique lointaine, avant un beau matin de nous tomber sur la tête, et de nous la casser de manière effroyable, quatre années durant.

Le portrait de Clélis ornait toujours le vestibule du Château. Son sourire regardait le monde changer et sombrer dans l'abîme. Elle portait les habits d'un temps léger qui n'était plus. Au fil des ans, sa pâleur avait disparu et les vernis passés coloraient désormais ses joues d'une rose tiédeur. Chaque jour, Destinat passait à ses pieds, un peu plus usé, davantage éteint, le geste ralenti et le pas plus lent. Tous deux s'éloignaient plus encore l'un de l'autre. La mort brutale prend les belles choses, mais les garde en l'état. C'est là sa vraie grandeur. On ne peut pas lutter contre.

Destinat aimait le temps au point de le regarder passer et de ne rien faire d'autre parfois que d'être derrière une fenêtre, sur une chaise longue en rotin, ou bien sur le banc qui surplombait, grâce à une petite butte artificielle que les printemps couvraient d'anémones et de pervenches, les eaux pleines de langueur de la Guerlante, et celles plus pressées du petit canal. On aurait pu le prendre alors pour une statue.

J'essaie de comprendre depuis tant d'années, mais je ne me pense pas plus malin qu'un autre. Je tâtonne, je me perds, je tourne en rond. Au début, avant l'*Affaire*, Destinat, pour moi, c'était un nom, une fonction, une maison, une fortune, un visage que je croisais chaque semaine au moins deux ou trois fois et devant lequel je levais mon chapeau. Mais ce qu'il y avait derrière, macache bono ! Depuis, à force de vivre avec son fantôme, c'est un peu comme si c'était une vieille connaissance, un parent d'infortune, une part de moi-même pour ainsi dire, et que j'essaie au mieux de faire parler et revivre pour lui poser une question. Une seule. Quelquefois, je me dis que je perds mon temps, que l'homme était aussi épais qu'un bon brouillard, et que mille soirées n'y suffiraient pas. Mais du temps maintenant, j'en ai à revendre. Je suis comme hors du monde. Tout ce qui s'agite me paraît si loin de moi. Je vis dans les remous d'une Histoire qui n'est plus mon histoire. Peu à peu, je me dérobe.

V

1914. Chez nous, à la veille du grand massacre, il y eut soudain pénurie d'ingénieurs. L'Usine tournait pourtant toujours autant mais un je-ne-sais-quoi faisait rester les Belges dans leur petit royaume, sous l'ombre grêle de leur monarque d'opérette. On fit savoir au Procureur, avec beaucoup de courbettes et de formules, qu'il n'y aurait plus de locataire.

L'été s'annonçait en effet aussi chaud sous les tonnelles que dans le crâne de bien des patriotes qu'on avait remontés à bloc comme de beaux mécanismes d'horlogerie. Partout, on tendait des poings et des souvenirs douloureux. Par ici comme ailleurs, les blessures ont du mal à se refermer, surtout celles qui dégouttent bien, et s'infectent à loisir dans les soirées de ressassement et de rancœur. Par amour-propre et par bêtise, tout un pays était prêt à se jeter dans la gueule d'un autre. Les pères poussaient les fils. Les fils poussaient les pères. Il n'y avait guère que les femmes, mères, épouses ou sœurs, qui voyaient cela avec dans le cœur un soupçon de misère et une lucidité qui les projetaient bien au-delà de ces après-midi de hurlements joyeux, de canons avalés, de chansons à la Déroulède qui tapaient contre le couvert des frondaisons vertes des marronniers et faisaient bourdonner les oreilles.

Notre petite ville entendit la guerre mais ne la fit pas vraiment. On peut même dire sans choquer qu'elle en vécut : tous les hommes faisaient tourner l'Usine. On en avait besoin. Un ordre tomba d'en haut. Un bon cette fois, c'est si rare : par dérogation de je ne sais plus quelle huile lointaine, tous les ouvriers furent réquisitionnés pour le service civil : huit cents gaillards échappèrent ainsi au garance pétant et au bleu horizon. Huit cents hommes qui aux yeux de certains n'en furent jamais et qui, chaque matin, sortiraient d'un lit chaud, de bras endormis, et non d'une tranchée boueuse, pour aller pousser des wagonnets plutôt que des cadavres. La bonne aubaine ! Le souffle des obus, la peur, les copains qui geignent et meurent à vingt mètres accrochés dans les barbelés, les rats rongeant les morts, au loin tout ça ! À la place, la vie, la vraie, tout simplement. La vie chaque matin étreinte non pas comme un rêve par-delà les fumées mais comme une certitude chaude qui sent le sommeil et le parfum de femme. « Veinards !

Planqués ! » voilà ce que pensaient tous les soldats en convalescence, borgnes, culs-de-jatte, amputés, écrabouillés, gueules cassées, gazés, charcutés, en croisant dans nos rues les ouvriers à musette, roses et bien portants. Certains le bras en écharpe ou la jambe en bois se retournaient à leur passage et crachaient par terre. Il fallait les comprendre. On peut haïr pour moins que ça.

Tout le monde n'était pas ouvrier. Les quelques paysans qui avaient l'âge troquèrent la fourche contre le lebel. Quelques-uns en partant fiers comme des cadets ne savaient pas encore qu'ils auraient bientôt leurs noms gravés un jour sur un monument qui restait à construire.

Et puis il y eut un départ qui fit date : celui de l'instituteur, qui s'appelait Fracasse, un nom à ne pas y croire. Il n'était pas du coin. On organisa une cérémonie. Les enfants avaient composé une chansonnette, bien émouvante et naïve, qui lui tira la larme à l'œil. Le conseil municipal lui offrit une blague à tabac et une paire de gants de ville. Je me demande bien ce qu'il a pu en faire de cette paire de gants, couleur saumon, en tissu délicat, qu'il a sortie d'une boîte en galuchat et d'un papier de soie, avant de les regarder, incrédule. Je ne sais pas ce qu'il est devenu, Fracasse : mort, éclopé, ou alors sain et sauf au bout des quatre années. En tout cas il n'est jamais revenu et je le comprends : la guerre n'a pas seulement fait des morts à la pelle, elle a aussi coupé en deux le monde et nos souvenirs, comme si tout ce qui avait eu lieu avant tenait dans un paradis, au fond d'une vieille poche dans laquelle on n'oserait plus jamais remettre la main.

On envoya un remplaçant qui n'était plus mobilisable. Je me souviens surtout de ses yeux de fou, deux billes d'acier dans du blanc d'huître. « Je suis contre ! » dit-il d'emblée au maire venu lui montrer sa classe. On l'appela *le Contre*. C'est bien beau d'être contre. Mais contre quoi ? On n'en a jamais rien su. De toute façon, en trois mois tout était réglé : le gars avait sans doute commencé à perdre pied depuis longtemps. Parfois, il arrêtait sa leçon et regardait les enfants en faisant la mitraillette avec sa bouche et sa langue, ou bien encore il mimait l'obus tombant sur le sol, en se jetant par terre, et puis il restait ainsi, inerte, de longues minutes. Il était bien seul dans cette affaire. La folie, c'est un pays où n'entre pas qui veut. Tout se mérite. En tout cas, lui, il y était parvenu en seigneur, larguant toutes les amarres et les ancres avec le panache d'un capitaine qui se saborde seul, debout à la proue.

Chaque soir, il se promenait le long du canal en sautillant. Il parlait tout seul, disait le plus souvent des mots que personne ne comprenait, s'arrêtait par moments pour combattre avec une baguette de noisetier un adversaire invisible, repartait en sautillant et en murmurant « Tagada Tagada T'soin T'soin ! ».

Il dépassa la borne un jour de grande canonnade. Nos vitres toutes les cinq secondes tremblaient comme la surface de l'eau sous une bise forte. L'air était plein de l'odeur de la poudre et de celle de la charogne. Ça puait jusque dans nos maisons. On bouchait les fentes des fenêtres avec des linges humides. Les gamins racontèrent plus tard que *le Contre* s'était tenu la tête à deux mains, pendant près d'une heure, à la faire éclater, avant de se mettre debout sur son bureau et d'enlever avec méthode tous ses vêtements en chantant à tue-tête *La Marseillaise*. Et puis, nu comme Adam, il avait couru jusqu'au drapeau, l'avait jeté à terre, avait pissé dessus, avant d'essayer d'y mettre le feu. C'est à ce moment que le fils Jeanmaire, le plus grand de la classe, il frisait quinze ans, s'était levé calmement et l'avait arrêté d'un grand coup de tisonnier en fonte donné sur le haut du front.

« Le drapeau, c'est sacré ! » dit le gosse plus tard, pas peu fier, tandis qu'on l'entourait et qu'il expliquait son geste. Il avait déjà la fibre. Il est mort trois ans après au Chemin des Dames. Toujours pour le drapeau.

Quand le maire arriva, l'instituteur était étendu, tout nu, sur le bleu, le blanc et le rouge, les cheveux un peu mangés par le feu qui n'avait pas vraiment voulu prendre. On l'emmena plus tard entre deux infirmiers, rhabillé d'une camisole qui lui donnait une allure d'escrimeur, avec sur le crâne une bosse violette, comme une bizarre décoration. Il ne parlait plus. Il semblait comme un jeune enfant que l'on vient de gronder. Je crois qu'il était alors tout à fait parti.

Restait que l'école était sans maître, et que la situation pour ne pas déplaire aux gamins n'était pas du goût des autorités qui avaient grand besoin de bourrer les crânes et de fabriquer au kilo du jeune soldat prêt à en découdre. D'autant qu'à l'époque, passé les premières illusions – « Dans quinze jours les Boches, on leur aura fait bouffer Berlin ! » –, on ne savait pas combien de temps elle allait durer la guerre, et qu'il fallait mieux prévoir des réserves. Au cas où.

Le maire en était à s'arracher les cheveux et à tirer toutes les sonnettes qu'il pouvait : ça ne changeait rien : il ne trouvait pas plus de solutions que de remplaçant à Fracasse.

Et puis, c'est venu tout seul, le 13 décembre 1914, pour être exact, par la malle qui arrivait de V. et qui s'arrêta comme d'habitude en face de la quincaillerie de Quentin-Thierry dont la devanture alignait immuablement des boîtes de rivets de toutes tailles aux côtés de pièges à taupes. On vit descendre quatre marchands de bestiaux, rouges comme des mitres de cardinal, et qui se poussaient des coudes en riant de grands coups à force d'avoir trop arrosé leurs affaires; puis deux femmes, des veuves, qui avaient fait le déplacement à la ville pour y vendre leurs ouvrages au point de croix; le père Berthiet, un notaire retiré des paperasses qui se rendait, une fois par semaine, dans une arrière-salle du Grand Café de L'Excelsior pour jouer au bridge avec quelques rogatons de son espèce. Il y eut aussi trois gamines qui étaient allées faire des emplettes pour le mariage de l'une d'elles. Et puis enfin, tout en dernier, alors qu'on croyait qu'il n'y avait plus personne, on vit descendre une jeune fille. Un vrai rayon de soleil.

Elle regarda sur sa droite, puis sur sa gauche, lentement, comme pour prendre la mesure des choses. On n'entendait plus le cognement des canons et de l'éclatement des obus. Le jour sentait encore un peu le chaud de l'automne et la sève des fougères. Elle avait à ses pieds deux petits sacs en cuir marron dont les fermoirs de cuivre semblaient garder des mystères. Sa tenue était simple, sans effets ni fioritures. Elle se baissa un peu, prit ses deux petits sacs et tout doucement disparut de nos regards, tout doucement dans sa silhouette fine que le soir enroba dans une vapeur bleue, rose, et brumeuse.

Elle avait un prénom, on le sut plus tard, dans

lequel sommeillait une fleur, Lysia, et ce prénom lui seyait comme une tenue de bal. Elle n'avait pas vingt-deux ans, venait du Nord, passait par là. Elle s'appelait de son nom de famille Verhareine.

Son petit trajet qui se déroula loin de nos regards la mena jusqu'à la mercerie d'Augustine Marchoprat. Celle-ci, à sa demande, lui indiqua la mairie et la maison du maire : c'est ce que la jeune fille avait demandé, « d'une voix tout en sucre », dirent plus tard les figues sèches. Et la mère Marchoprat qui possédait une langue grande comme celle d'un bœuf ferma sa porte, tira le rideau de fer, et courut raconter tout cela chez sa vieille amie Mélanie Bonnipeau, une bigote en bonnet qui passait le plus clair de son temps à scruter sa rue de sa fenêtre basse, entre ses plantes vertes qui déroulaient contre ses vitres leurs volutes aqueuses et son gros chat coupé à tête de moine grave. Et les deux vieilles de bâtir leurs hypothèses, et de partir dans des constructions de romans à trois sous dont elles se gavaient les soirs d'hiver, se racontant tous les épisodes en les rendant plus encore bouffis et bêtes, jusqu'au passage une demi-heure plus tard de Louisette, la bonne du maire, une fille brave comme une oie.

« Alors qui c'est ? lui demande la mère Marchoprat.

– Qui c'est qui ?
– Bêtasse ! la fille et ses deux sacs !
– Une fille du Nord.
– Du Nord, de quel Nord ? reprend la mercière.
– Je sais pas moi, du Nord, y en a pas trente-six.
– Et qu'est-ce qu'elle veut ?
– Elle veut la place.
– Quelle place ?
– La place de Fracasse.
– C'est une institutrice ?
– C'est ce qu'elle dit.
– Et le maire, qu'est-ce qu'il a dit ?
– Oh, il lui a fait de beaux sourires !
– M'étonne pas !
– Il lui a dit : Vous me sauvez !
– "Vous me sauvez !"
– Oui, comme je vous le dis.
– Encore un qui avait une idée derrière la tête !
– Quelle idée ?
– Ma pauvre fille ! une idée dans le pantalon si tu préfères, tu le connais ton maître, c'est un homme !
– Mais y a pas d'idées dans les pantalons...
– Mon Dieu qu'elle est bête ! Et ton bâtard, comment tu l'as eu, avec un courant d'air ? »

Louisette, vexée, tourna le dos et partit. Les deux vieilles étaient satisfaites. Elles avaient de quoi passer la soirée, à parler du Nord, des hommes, de leurs vices, et de la jeune créature, qui avait l'air de tout sauf d'une institutrice et qui était surtout bien trop belle, beaucoup trop belle pour être une institutrice, belle à ne pas avoir de métier.

Le lendemain, nous savions tout, ou presque.

Lysia Verhareine avait dormi dans la plus grande chambre du seul hôtel de notre ville, aux frais de la mairie. Et le maire habillé en jeune marié était venu la prendre au matin pour la présenter partout, et la mener vers l'école. Il fallait le voir, le maire, faire des ronds de jambe et des virevoltes à fendre l'entrecuisse de son pantalon de jaspe noir et que ses cent kilos rendaient gracieuses comme une danse d'éléphant de cirque, devant la demoiselle qui regardait toujours très au-delà du paysage, comme si elle avait cherché à s'y projeter, à s'y perdre, tout en serrant nos mains d'une légère pression de son fin poignet.

Elle entra dans l'école et regarda la salle de classe comme s'il s'était agi d'un champ de bataille. Tout y puait l'enfant paysan. Il restait encore un peu des cendres du drapeau brûlé par terre. Quelques chaises renversées donnaient au lieu une allure de fin de bamboche. Certains d'entre nous observaient la scène du dehors, sans se cacher, le nez contre les carreaux de la salle. Sur le tableau était écrit le début d'un poème :

Ils ont senti sans doute la morsure du froid
Contre leurs cœurs nus sous les étoiles ouvertes
Et la mort à demi...

Les mots s'arrêtaient ainsi, et l'écriture aussi, qui devait être celle du *Contre*, l'écriture qui était là et qui nous rappelait ses yeux et ses mouvements de gymnastique tandis que lui – mais où ? – devait gésir sur un matelas pouilleux ou bien grelotter sous les douches froides et les décharges mauves de l'électricité.

Le maire avait parlé après avoir ouvert la porte et désigné le drapeau, puis il avait fourré ses doigts en saucisse dans les poches à montre de son gilet de soie et fait l'important dans son silence, en nous jetant de temps à autre un œil de charbon qui voulait sans doute dire « Mais qu'est-ce que vous faites là vous autres, et qu'est-ce que vous voulez ? Foutez-moi le camp au lieu de coller vos museaux contre nous ! ». Mais personne ne partait de ceux qui buvaient la scène comme un verre de vin rare.

La jeune femme fit des petits pas, de droite, de gauche, dans la salle, qui la menèrent vers les pupitres sur lesquels trônaient encore des cahiers et des plumes. Elle se pencha sur l'un d'eux, lut la page d'écriture, et on la vit sourire en même temps que l'on vit ses cheveux comme une gaze d'or mousser sur son cou à la façon d'une écume, entre la collerette de son chemisier et sa peau nue. Elle s'arrêta ensuite devant les cendres du drapeau, puis elle releva deux chaises tombées, arrangea, l'air de rien, des fleurs sèches dans un vase, effaça sans remords le tableau et les vers inachevés, puis sourit au maire qui fut cloué sur place, cloué par ce sourire de vingt ans, tandis qu'à moins de quinze lieues on s'égorgeait à l'arme blanche en faisant dans son froc et qu'on mourait par milliers chaque jour, loin de tout sourire de femme, sur une terre ravagée où même l'idée de femme était devenue une chimère, un songe d'ivrogne, une insulte trop belle.

Le maire se tapota le ventre pour se donner de l'allure. Lysia Verhareine sortit de la salle de classe, sur un pas digne d'un pas de danse.

VI

L'instituteur avait toujours logé au-dessus de l'école : trois pièces proprettes ouvertes au plein sud et qui embrassaient le coteau et son pelage de vignes et de mirabelliers. Fracasse en avait fait un joli lieu, que j'avais vu à l'occasion, un soir ou deux où nous avions causé, de tout et de rien, chacun de nous un peu sur la réserve, un lieu qui sentait la cire d'abeille, le livre relié, la méditation et le célibat. Personne n'y était allé quand *le Contre* avait pris sa succession, ni même ensuite après que les infirmiers l'avaient emmené.

Le maire mit la clef dans la serrure, poussa la porte avec peine, un peu surpris de la résistance, entra et perdit tout à coup son beau sourire de guide touristique : ça je le suppose, je refais l'histoire, je comble les vides, mais je crois que je n'invente guère car nous avons lu tout cela à son effroi, sur son front emperlé de grosses gouttes de sueur et de surprise, dans son teint suffoqué quand il est revenu quelques minutes plus tard, au-dehors, pour aspirer l'air à larges brassées, et s'appuyer d'un coup contre le mur avant de sortir de sa poche, comme le paysan qu'il n'avait jamais cessé d'être, un grand mouchoir à carreaux pas très propre et de s'éponger avec.

Un long moment plus tard, Lysia Verhareine revint elle aussi à la lumière, qui lui fit cligner les yeux, qu'elle rouvrit pour nous regarder et nous sourire. Puis elle s'éloigna, fit quelques pas, se baissa en s'agenouillant pour ramasser deux marrons tardifs qui venaient de taper le sol et de jaillir tout luisants et d'un brun merveilleusement frais de leurs bogues. Elle les fit rouler dans ses mains, les respira en fermant ses paupières, et puis partit doucement. On courut dans l'escalier, on joua des coudes, on se précipita : c'était une apocalypse.

Il ne restait rien du charme ancien du petit logement. Tout bonnement rien. *Le Contre* avait dévasté le lieu avec méthode, poussant la minutie jusqu'à découper chaque livre de la bibliothèque en carrés d'un centimètre sur un centimètre – Lepelut, un gratte-papier qui avait la manie de la précision, les mesura sous nos yeux –, à rogner au canif les meubles un à un jusqu'à les changer en d'immenses et blondes collines de copeaux de bois. Des reliefs de repas avaient attiré en divers tas des insectes de tout poil. Du linge souillé mimait par terre des corps sans chairs, rompus et gisants. Et sur les murs, sur tous les murs, les vers de *La Marseillaise* déroulaient en lettres délicatement formées leurs harangues guerrières sur le papier peint aux motifs de pâquerettes et de roses trémières, et le fou les avait écrits et réécrits, ces vers, comme des litanies démentes et qui nous donnèrent à tous l'impression d'être enfermés entre les pages immenses d'un livre atroce, et il avait tracé chaque lettre du bout de ses doigts, du bout de ses doigts trempés dans sa propre merde qu'il avait chiée dans chaque angle des pièces, durant chaque jour passé chez nous, après sa gymnastique peut-être, ou sous les bruits effarants des canons, près de l'insupportable chant des oiseaux, de l'obscène parfum des chèvrefeuilles, des lilas, des roses, sous le bleu du ciel, contre le vent sucré.

Le Contre avait fini par la faire, sa guerre. Il avait à coups de rasoir, de couteau et d'excréments dessiné son champ de bataille, sa tranchée et son enfer. Lui aussi avait crié sa souffrance avant d'y sombrer.

Cela puait atrocement, il est vrai, mais le maire n'était au fond qu'une petite nature, sans cœur et sans boyaux. Un moins que rien. La jeune institutrice en revanche était une dame : elle qui était sortie de l'appartement sans juger ni frémir. Elle avait regardé le ciel qui charriait des fumées et des nuages ronds, avait fait quelques pas, ramassé deux marrons et les avait caressés comme s'il s'était agi des tempes fiévreuses du fou, de son front blafard, blême de toutes les morts, de tous les supplices accumulés durant notre humanité, de toutes nos plaies putrides ouvertes depuis des siècles et à côté de quoi l'odeur de la merde n'est rien, oui, rien d'autre qu'une faible, mièvre et surette odeur de corps encore vivant, *vivant*, et qui ne doit en rien nous révulser, nous faire honte ni nous détruire.

Il n'en restait pas moins qu'elle ne pouvait pas habiter l'appartement. Le maire était abasourdi. Il naviguait dans les vapeurs, il en était à sa sixième *verte*, qu'il sifflait cul sec, sans attendre que le sucre fonde, comme les précédentes, pour se remettre d'avoir approché notre noirceur à tous, tout cela au café Thériex, le plus proche, tandis que nous autres songions encore aux calligrammes du fou, à son univers de confettis et de souillures, en secouant la tête, en sifflant fort, en haussant les épaules et en regardant par-delà la petite vitrine l'orient qui devenait sombre comme un lait d'encre.

Et puis, à force de dormir, de ronfler et d'avoir bu, le maire finit par se casser la gueule de sa chaise et de sa table. Rire général. Tournée. Les mots reprennent. On parle. On parle. Et l'un, je ne sais plus qui, évoque la figure de

Destinat. Et un autre, je ne sais plus lequel non plus, dit : « C'est là-bas qu'il faut la mettre la petite institutrice, chez le Procureur, dans la maison du parc, là où il y avait le locataire ! »

Tout le monde trouva l'idée excellente, le maire en tête, qui dit qu'il y avait pensé depuis un moment. On se poussa du coude d'un air entendu. Il était tard. La cloche de l'église tapa douze coups contre la nuit. Le vent rabattit un volet. Au-dehors, la pluie se frottait au sol comme un gros fleuve.

VII

Le lendemain, le maire avait rabattu de sa superbe. Mine basse, il était habillé de gros velours, d'un paletot de laine, d'une casquette en loutre et de chaussures à clous. Rangés aux oubliettes la tenue de marié et le grand air du sûr de soi. Il n'avait plus à se croire au théâtre et à jouer un rôle : Lysia Verhareine avait deviné son âme. Ce n'était plus temps de se construire un personnage de godelureau. Et puis, rendre visite au Procureur dans une tenue de bal, c'était se le mettre à dos d'entrée de jeu. L'autre l'aurait regardé comme on regarde un singe avec des habits d'homme.

La petite institutrice gardait son sourire de lointain. Sa robe était aussi simple que celle du premier jour, mais dans les tons d'automne et de forêt, bordée d'une dentelle de Bruges qui donnait à l'ensemble une gravité religieuse. Le maire pataugeait dans la boue des rues. Elle, elle posait ses pieds menus sur la terre travaillée par l'eau, évitait les flaques et les rigoles. On aurait dit qu'elle jouait, en sautillant, à tracer dans le sol détrempé le sillage d'un doux animal, et sous ses traits lisses de très jeune femme on devinait encore l'enfant espiègle qu'elle avait dû être, naguère, quittant les marelles pour se glisser dans les jardins et y cueillir des bouquets de cerises et de groseilles rouges.

Elle attendit devant le perron du Château tandis que le maire entré seul exposait la requête à Destinat. Le Procureur le reçut debout, dans le vestibule, sous dix mètres de plafond, dans le froid des carreaux noirs et blancs qui dessinaient sur le sol le damier d'un jeu commencé depuis la nuit des temps, où les hommes sont les pions, où il y a les riches, les puissants et les guerriers, tandis que de loin, toujours en tombant, les regardent les valets et les crève-la-faim. Le maire déballa tout. D'un coup. Sans enjoliver ni choisir de beaux mots. Il parlait, les yeux baissés sur les carreaux et les guêtres de Destinat taillées dans un veau de premier choix. Il ne cacha rien : *La Marseillaise* merdeuse, le spectacle de fin du monde, et l'idée venue dans l'esprit de beaucoup, et surtout dans le sien, de loger la petite dans la maison du parc. Il se tut, attendit, sonné comme une bête qui aurait cogné de plein fouet une barrière de parc ou le fût d'un gros chêne. Le Procureur ne répondit rien. Il regarda au travers du verre cathédrale de la porte d'entrée la forme légère qui allait et venait, avec tranquillité, puis il fit comprendre au maire qu'il désirait voir la jeune femme, et la porte s'ouvrit sur Lysia Verhareine.

Je pourrais broder, ce n'est guère difficile en somme. À quoi bon ? La vérité est tellement plus forte lorsqu'on la contemple en face. Lysia entra et tendit à Destinat sa main si fine qu'il ne la vit pas d'abord, occupé qu'il était à regarder les souliers de la jeune femme, de petits souliers d'été en crêpe et cuir noir dont la pointe ainsi que le talon étaient recouverts d'un peu de boue. Et cette boue plus grise que brune avait déposé sa suie grasse sur le pavement, teignant de blanc les damiers noirs et de sombre les carreaux blancs.

Le Procureur était connu pour avoir, quel que soit le temps, des chaussures plus brillantes qu'un casque de garde républicain. Il pouvait tomber une neige d'un mètre, des cordes de pluie, la chaussée pouvait disparaître sous la gadoue, cet homme-là gardait ses pieds gainés d'un cuir immaculé. Je l'avais vu se les épousseter un jour, dans les couloirs du palais, tandis qu'il croyait que personne ne l'observait et qu'un peu plus loin, derrière des lambris de noyer culottés par les ans, douze jurés soupesaient le poids de la tête d'un homme. Il y avait ce jour-là dans ses gestes un peu de dédain mêlé d'horreur. Et j'avais compris bien des choses. Destinat détestait les souillures, même les plus naturelles et les plus terrestres. D'ordinaire, un haut-le-cœur le prenait à contempler les godillots maculés des justiciables qui se pressaient sur les bancs du prétoire ou des hommes et des femmes qu'il croisait dans la rue. À la vue de vos chaussures, vous étiez jugé digne d'être regardé dans les yeux, ou pas. Et tout cela pour un cirage parfait, luisant comme un crâne de chauve après un été de plein soleil, ou bien une croûte de terre séchée, une poussière des routes, un éclat de pluie déposés sur un cuir dur et creux.

Mais là, devant les petits souliers éclaboussés de boue qui redessinaient l'échiquier de marbre et l'univers avec lui, tout alla différemment : ce fut comme si la marche du monde s'était enrayée.

Destinat finit par prendre la petite main tendue dans la sienne et l'y garda longtemps. Cela dura.

« Une éternité », nous dit le maire, plus tard. « Une éternité, et une grande encore ! » ajouta-t-il avant de poursuivre : « Le Procureur ne lui lâchait plus la main, il la gardait dans la sienne, et ses yeux, vous les auriez vus, ce n'étaient plus les siens, et même ses lèvres, qui bougeaient, ou qui tremblaient un peu, comme s'il avait voulu dire quelque chose, mais rien ne sortait, rien. Il la regardait la petite, il la dévorait, comme s'il n'avait jamais vu de femme, en tout cas des comme celle-là... Moi, je ne savais plus trop où me mettre, pensez donc, ils étaient ailleurs ces deux-là, ils s'enfermaient quelque part, à se perdre dans les yeux l'un de l'autre, car la petite ne cillait pas, elle lui plantait son joli sourire à ne plus en finir, ne baissait pas la tête, ne paraissait pas gênée, ni timide, et le couillon dans l'histoire, c'était bien moi... J'ai cherché quelque chose à quoi me raccrocher, quelque chose qui aurait pu justifier ma présence et ne pas me faire paraître un intrus, et c'est là que je me suis réfugié dans le grand portrait de sa femme, dans les plis de sa robe qui lui tombe jusqu'aux pieds. Qu'est-ce que vous auriez voulu que je fasse d'autre ? C'est la petite qui a fini par retirer sa main, mais pas son regard, et le Procureur a regardé la sienne, de main, comme si on lui avait arraché la peau. Après un silence, il m'a regardé, et il m'a dit "oui", c'est tout, un simple oui. Ensuite je ne sais plus. »

Il savait fort bien sans doute, mais ça n'avait plus d'importance. Lui et Lysia Verhareine s'en allèrent du Château. Destinat y resta. Longtemps. Debout au même endroit. Et puis il finit par remonter dans ses appartements, d'un pas lourd : je tiens cela du *Grave*, qui ne l'avait encore jamais vu aussi voûté, aussi lent et hébété, et Destinat ne répondit même pas au vieux domestique quand celui-ci lui demanda si tout allait bien. Mais peut-être revint-il le soir même dans le vestibule, dans la pénombre à peine heurtée par la phosphorescence bleuâtre des réverbères de la rue, pour se convaincre de ce qu'il avait vu, pour regarder les fines traces de boue sur le damier noir et blanc, et puis ensuite les yeux de son épouse lointaine, qui souriait elle aussi, mais d'un sourire d'autrefois que rien n'éclairait plus, et qui lui sembla alors infiniment loin de lui.

Commencèrent ensuite des jours étranges.

Il y avait toujours la guerre, et plus encore peut-être qu'à tout autre moment : les routes devenaient les sillons d'une interminable fourmilière qui se teignait de gris et de barbes harassées. Le bruit du canon avait fini par ne plus cesser, que ce fût la journée ou la nuit, et il ponctuait nos existences comme une horloge macabre qui brassait de sa grande aiguille les corps blessés et les vies mortes. Le pire est qu'on avait fini par ne presque plus l'entendre. On voyait passer chaque jour, toujours dans la même direction, des hommes à pied, jeunes, et qui allaient vers la mort en croyant encore pouvoir la feinter. Ils souriaient à ce qu'ils ne connaissaient pas encore. Ils avaient dans les yeux les lumières de leur vie d'avant. Il n'y avait que le ciel pour rester pur et gai, ignorant la pourriture et le mal qu'on répandait à même la terre sous son arc d'étoiles.

La jeune institutrice s'était donc installée dans la petite maison du parc du Château. Elle lui allait mieux qu'à toute autre personne. Elle en fit un écrin à son image, où le vent entrait sans y être invité, et venait y caresser des rideaux d'un bleu pâle et des bouquets de fleurs des champs. Elle passait de longues heures à sourire, on ne savait à quoi, près de sa fenêtre ou sur le banc du parc, un petit carnet de maroquin rouge entre les mains, et ses yeux paraissaient aller au-devant de l'horizon, toujours plus au-delà, vers un point très peu visible ou qui devait seulement l'être avec le cœur mais non avec les yeux.

Nous eûmes tôt fait de l'adopter. Notre petite ville pourtant ne se plaît guère à s'ouvrir aux étrangers, et peut-être encore moins aux étrangères, mais elle sut séduire tout son monde avec des riens, et même celles qui auraient pu être ses rivales, je veux parler des jeunes filles qui cherchent un mari, lui firent vite de petits bonjours de la pointe de la tête, qu'elle rendait avec une vivacité légère, comme tout ce qu'elle faisait.

Les élèves la regardaient la bouche ouverte, et elle s'en amusait sans moquerie. Jamais l'école ne fut si pleine ni si joyeuse. Les pères gardaient mal leurs fils qui renâclaient aux moindres travaux, et pour qui chaque journée loin du pupitre était comme un long dimanche d'ennui.

Martial Maire, un innocent qui avait perdu la moitié de sa tête sous le sabot d'un bœuf, déposait chaque matin devant la porte de sa classe un bouquet qu'il cueillait lui-même, et quand il n'y avait pas de fleurs, c'était une poignée de belle herbe dans laquelle le serpolet répandait une odeur de menthe et la luzerne un parfum de sucre. Quelquefois, quand il ne trouvait ni l'herbe ni les fleurs, il laissait trois cailloux qu'il avait pris soin de laver à la grande fontaine de la rue Pachamort, et ensuite d'essuyer contre la laine de son maillot troué. Puis il partait avant qu'elle n'arrive et ne découvre son offrande. Certaines auraient ri du fou, jeté l'herbe ou les cailloux. Lysia Verhareine les ramassait lentement, tandis que les élèves rangés devant elle contemplaient sans bouger ses joues roses et ses cheveux d'un blond qui tirait vers l'ambre, puis elle les gardait dans sa paume, comme les caressant, et une fois entrée dans la salle, elle déposait les fleurs ou l'herbe dans un petit vase en céramique bleue qui imitait la forme d'un jeune cygne, et les cailloux sur le bord de son bureau. Martial Maire regardait la scène du dehors. Elle lui lançait un sourire. Il partait en courant. Quelquefois, lorsqu'elle le rencontrait dans la rue, elle lui caressait le front comme on le fait pour ceux qui ont la fièvre, et lui se pâmait alors de connaître la tiédeur de sa paume.

Plusieurs auraient aimé être à la place de l'innocent. Maire était en quelque sorte leur part de rêve. La jeune femme le berçait comme un enfant et lui avait des attentions de jeune fiancé. Aucun ne pensa jamais à s'en moquer.

VIII

Et Destinat ? Là, c'est autre chose : on rentre dans l'obscur. C'est peut-être Barbe qui le connaissait le moins mal. Elle m'en parla, des années plus tard, longtemps après. Longtemps après l'*Affaire*, longtemps après la guerre. Tout le monde était mort, Destinat en 21, les autres aussi, et rien ne servait plus de fouiller les cendres. Mais elle me dit, tout de même. C'était une fin d'après-midi, devant la petite maison où elle s'était retirée, avec d'autres veuves comme elle – *le Grave* avait été écrasé en 23 par une charrette qu'il n'avait pas entendue venir. Barbe trouvait son réconfort dans le bavardage et les cerises à l'eau-de-vie, qu'elle avait emportées du Château, à pleins bocaux. C'est elle qui parle :

« On l'a trouvé tout de suite changé, sitôt la petite installée dans la maison. Il s'est mis à se promener dans le parc comme un gros bourdon malade attiré par le miel. Il en faisait des tours et des tours, qu'il pleuve, qu'il neige ou qu'il vente. D'ordinaire, c'est à peine s'il posait le bout du pied dehors. Quand il rentrait de V. il s'enfermait dans son bureau, ou dans la bibliothèque, je lui apportais un verre d'eau sur un plateau, jamais autre chose, et puis il dînait à sept heures. C'est tout. Quand il y eut l'institutrice, tout s'est un peu déréglé. Il rentrait plus tôt du tribunal, et puis il allait dans le parc. Il se mettait sur le banc, longtemps, à lire ou à contempler les arbres. Souvent je le retrouvais aussi le nez derrière une fenêtre à regarder le dehors comme pour y trouver je ne sais quoi. Et les repas, alors là, c'était le bouquet. D'ordinaire, il n'avait déjà pas un gros coup de fourchette, mais là, il ne touchait presque à rien. Il me faisait un geste de la main, et je remportais tout. On ne peut tout de même pas se nourrir que d'eau et d'air ! Je me suis dit, un jour on va le retrouver par terre dans sa chambre ou ailleurs, il aura un malaise, une faiblesse, une syncope ! Non. Il a rien eu. Juste le visage qui s'est creusé, les joues surtout, et les lèvres qui sont devenues encore plus minces, alors qu'il les avait déjà bien fines. Lui qui se couchait toujours tôt s'est mis à veiller la nuit. J'entendais des pas, des pas lents dans les étages, entrecoupés de grands silences. Je ne sais pas trop au juste ce qu'il pouvait bien faire, ruminer, rêver, quoi donc ? Le dimanche, il s'arrangeait toujours pour croiser le chemin de la petite, quand elle sortait. Ça avait l'air d'être le hasard, mais tout était arrangé. Je le voyais parfois attendre le bon moment, et puis bondir comme si de rien n'était. Elle, elle faisait semblant de rien, je ne sais pas si elle se rendait compte. Elle lui disait un grand bonjour, bien clair et joyeux, et puis elle s'en allait. Il lui répondait mais presque en sourdine, avec une voix lente, et il restait planté à l'endroit où ils s'étaient salués. Il pouvait y rester longtemps, à attendre comme s'il allait se passer quelque chose, je ne sais quoi, et puis finalement, il finissait par rentrer, comme à contrecœur. »

Barbe parla longtemps ainsi du Procureur et de Lysia Verhareine. Le soir tombait autour de nous, avec ses cris de bêtes enfermées dans les étables et ses claquements de volets. J'imaginais le Procureur marcher dans les allées du parc, aller vers les eaux de la Guerlante, regarder les fenêtres de la petite maison où se tenait la jeune institutrice. Qu'un homme qui approchait de sa mort se prenne les pieds dans les filets de l'amour n'avait rien de nouveau. C'était vieux comme le monde ! Dans ces cas-là, toutes les convenances partent à vau-l'eau. Le ridicule n'existe que pour les autres, ceux qui ne comprennent jamais rien. Même Destinat, avec son visage froid comme le marbre et ses mains de glace, avait pu tomber dans le piège de la beauté et du cœur qui cogne. Au fond, ça le rendait humain, simplement humain.

Barbe me dit aussi qu'un soir, il y eut un grand repas. Destinat lui avait fait sortir toute l'argenterie, et repasser pendant des heures des serviettes de lin et des nappes brodées. Un repas pour cinquante ? Non. Pour deux seulement, la jeune institutrice et lui. Eux seuls. De part et d'autre d'une table immense. Ce n'est pas Barbe qui fit la cuisine, mais Bourrache, appelé tout exprès du *Rébillon*, et c'est *Belle de jour* qui les servit à table, tandis que Barbe ruminait et que *le Grave* était parti se coucher depuis longtemps. Cela dura jusqu'à minuit. Barbe essaya de savoir ce qu'ils pouvaient bien se raconter. Et *Belle de jour* lui dit : « Ils se regardent, ils ne font que se regarder... » Barbe en fut pour ses frais. Elle but de petites verres de fine avec Bourrache, qui finit par la réveiller au matin. Elle s'était assoupie sur la table. Bourrache partait, il avait tout nettoyé, tout rangé. Il portait dans ses bras sa fille, enroulée dans une couverture et qui dormait comme une bienheureuse. Voilà.

La nuit était maintenant à nos côtés. La vieille servante s'est tue. Elle a relevé son fichu pour s'en couvrir les cheveux. Nous sommes restés encore tous les deux un long moment, sans rien dire, dans le noir, moi à songer à ce qu'elle m'avait dit. Puis elle a fouillé les poches de sa vieille blouse comme pour y retrouver quelque chose. Il y a eu dans le ciel une course d'étoiles filantes, grotesque et sans suite, juste bonne à donner à ceux qui en ont besoin pour étayer leur solitude une matière à présage, et puis tout s'est calmé. Ce qui brillait a continué à le faire tandis que ce qui était dans l'obscur l'est resté plus encore.

« Tenez, me dit alors Barbe, peut-être que vous, vous saurez en faire quelque chose. »

Elle me tendait une grosse clef.

« Rien n'a bougé depuis que je n'y vais plus. Son seul héritier, c'est un petit cousin du côté de sa femme, si petit qu'on ne l'a jamais vu. Le notaire a dit qu'il était parti aux Amériques. Ça m'étonnerait qu'il en revienne, et le temps de le retrouver, pensez donc !... Moi, bientôt je ne serai plus là... Ce sera vous le gardien, d'une certaine façon. »

Barbe s'est levée lentement, elle a refermé ma main autour de la clef, et puis elle est rentrée chez elle, sans autre mot. J'ai mis la clef du Château dans ma poche et je suis parti.

Je n'ai jamais eu une autre occasion de parler avec Barbe. Pourtant, l'envie m'en a démangé souvent, un peu comme une gale pas très saine, qui gratte et qu'on aime tout à la fois, mais je me disais que j'avais le temps : ça, c'est la grande connerie des hommes, on se dit toujours qu'on a le temps, qu'on pourra faire cela le lendemain, trois jours plus tard, l'an prochain, deux heures après. Et puis tout meurt. On se retrouve à suivre des cercueils, ce qui n'est pas aisé pour la conversation. J'ai regardé celui de Barbe lors de son enterrement comme pour y trouver des réponses, mais ce n'était rien que du bois bien astiqué autour duquel le curé faisait voltiger les fumées d'encens et les formules latines. En allant au cimetière avec la petite troupe chevrotante, je me suis même demandé si elle ne s'était pas fichue de moi, Barbe, avec ses histoires de repas et de Destinat jouant les amoureux. Mais au fond, cela n'avait plus d'importance. Les cerises à l'eau-de-vie avaient eu raison d'elle. Peut-être qu'elle allait en retrouver de pleines verrines, là-haut, entre deux nuages.

J'avais toujours dans ma poche la clef du Château et je ne m'en étais pas encore servi depuis le soir, six mois plus tôt, où elle me l'avait donnée. Les pelletées de terre me remirent d'aplomb. La tombe bientôt fut rebouchée. Barbe avait retrouvé son *Grave* pour un paquet d'éternité. Le curé est reparti avec ses deux enfants de chœur dont les sabots de petits paysans claquaient dans la boue. Les ouailles se sont dispersées comme des étourneaux sur un champ de blé vert et moi, je suis allé sur la tombe de Clémence, en m'en voulant un peu de ne pas y aller plus souvent.

Le soleil, la pluie et les années ont effacé la photographie que j'avais fait placer dans un médaillon de porcelaine. Il ne reste plus que l'ombre de sa chevelure et aussi, on le devine, le dessin de son sourire, comme si elle me regardait derrière un paravent de gaze. J'ai posé ma main sur les lettres dorées de son nom, et puis je suis parti, en lui racontant dans ma tête toutes ces histoires qui font ma vie, ma vie sans elle, depuis si longtemps, et qu'elle doit connaître si bien à force de m'entendre les ressasser.

C'est ce jour-là d'ailleurs, après l'enterrement de Barbe, que je me suis décidé à aller au Château, comme pour rentrer un peu plus encore dans un mystère dont j'étais désormais un des rares spectateurs. Oui, c'est ce jour-là que j'ai dégagé les ronces qui faisaient à la porte une barbe revêche et que j'ai fait glisser la clef dans la grande serrure. Je me suis fait l'effet d'être un prince misérable forçant le seuil du palais de je ne sais quelle belle au bois dormant. Sauf que là, derrière, plus rien ne dormait vraiment.

IX

Mais je veux encore dire autre chose avant que de raconter le Château dans ses poussières et ses ombres. Je veux parler de Lysia Verhareine, car moi aussi je la voyais, comme tout le monde. Notre ville est si petite que les chemins finissent toujours par se croiser. À chaque fois, je soulevais mon chapeau. Elle me rendait mon salut en baissant un peu la tête, avec un sourire. Un jour pourtant, dans ses yeux, j'ai vu autre chose, quelque chose de coupant, de pointu, quelque chose qui ressemblait à une volée de mitraille.

C'était par un dimanche, aux belles heures d'avant soir, au printemps 1915. L'air sentait la fleur de pommier et la pointe d'acacia. Je savais que le dimanche, la petite institutrice faisait toujours la même promenade qui la menait en haut du coteau, que le temps fût au beau ou qu'il tombât des hallebardes avec leurs hallebardiers. On me l'avait dit.

Il m'arrivait souvent aussi de traîner là-haut avec une carabine légère que m'avait cédée Edmond Gachentard, un vieux collègue parti planter des choux dans le pays de Caux et soigner une femme recroquevillée dans une chaise à roulettes. Un joli bijou pour dames, cette carabine, un seul canon luisant comme une pièce de vingt sous, et une crosse en merisier sur laquelle Gachentard avait fait graver une phrase en lettres anglaises : « *Tu ne sentiras rien* ». C'était pour le gibier, la phrase, mais Gachentard a eu peur qu'elle ne s'applique à sa femme, un soir où il aurait eu trop le bourdon à la voir ainsi avec ses jambes mortes et son visage en grisaille. « Je préfère te la donner », m'avait-il dit en me tendant la chose emballée dans un papier journal sur la première page duquel se chiffonnait le visage de la reine de Suède. « Tu en feras ce que tu veux... »

C'était drôle ce qu'il m'avait dit là, et les mots m'ont tourné longtemps dans la tête. Qu'est-ce qu'on pouvait bien faire d'une carabine ? Cultiver des endives, jouer de la musique, aller au bal, repriser ses chaussettes ? Une carabine, c'est fait pour tuer, un point c'est tout, ça n'a pas été inventé pour autre chose. Je n'ai jamais eu le goût du sang en sympathie. J'ai quand même pris l'engin, me disant que si je le laissais à Edmond, j'aurais peut-être sur la conscience, tout en n'en sachant jamais rien, un petit meurtre lointain tout arrosé de cidre. Et depuis, j'ai pris l'habitude d'emmener la carabine avec moi, dans mes promenades du dimanche, m'en servant presque comme d'un bâton de marche. Au fil des ans, le canon a perdu sa luisance pour se donner un teint de ténèbres qui ne lui va pas si mal. La devise gravée par Gachentard a plus ou moins disparu par manque d'entretien et les seuls mots qu'on peut encore lire sont *Tu* et *rien : « Tu... rien »*, et c'est bien vrai qu'elle n'a jamais rien tué.

Edmond Gachentard avait des grands pieds, un béret basque, un goût affligeant pour les apéritifs compliqués que leurs arômes de plantes apparentaient à des préparations pharmaceutiques. Il hochait souvent la tête en regardant le ciel, et devenait soudain méditatif quand de gros nuages ronds souillaient de leur blancheur un bleu très pur. « Les salauds... », disait-il alors, mais je n'ai jamais vraiment su si cela s'appliquait aux nuages ou à d'autres figures, lointaines et enveloppées, et comme naviguant pour lui seul. Voilà, c'est tout ce qui me vient à l'esprit en pensant à lui. La mémoire est curieuse : elle retient des choses qui ne valent pas trois sous. Pour le reste, tout passe à la grande fosse. Gachentard doit être mort aujourd'hui. Il aurait cent cinq ans. Son deuxième prénom à Gachentard, c'était Marie. Encore un détail. Cette fois-ci j'arrête.

Quand je dis j'arrête, c'est ce que je devrais faire vraiment. À quoi sert tout ce que j'écris, ces lignes serrées comme des oies en hiver et ces mots que je couds en n'y voyant rien ? Les jours passent, et je vais à ma table. Je ne peux pas dire que ça me plaise, je ne peux pas dire non plus que ça me déplaise.

Hier, Berthe, qui vient trois fois par semaine secouer la poussière, est tombée sur un des cahiers, le numéro 1 je crois. « C'est-y donc que vous en gâchez du papier ! » Je l'ai regardée. Elle est bête mais pas plus qu'une autre. Elle n'a pas attendu de réponse. Elle a continué son ménage en chantant des airs godiches qui lui trottent dans la tête depuis qu'elle a vingt ans et qu'elle n'a jamais trouvé de mari. J'aurais bien aimé lui expliquer un peu, mais expliquer quoi ? Que j'avance sur les lignes comme sur les routes d'un pays inconnu et tout à la fois familier ? J'ai baissé les bras. Et quand elle est partie, je me suis remis à l'ouvrage. Le pire, c'est que je me fiche de ce que deviennent les cahiers. J'en suis au numéro 4. Je ne retrouve plus le 2 ni le 3. J'ai dû les perdre, ou Berthe a dû les prendre un jour pour allumer son feu. Qu'importe. Je n'ai pas envie de relire. J'écris. C'est tout. C'est un peu comme si je me parlais à moi-même. Je me fais la conversation, une conversation d'un autre temps. J'entrepose des portraits. Je fossoie sans me salir les mains.

Sur le coteau, ce fameux dimanche, j'avais marché des heures. Un peu en contrebas, il y avait la petite ville, ramassée sur elle-même, maison contre maison, avec en retrait la masse entassée des bâtiments de l'Usine et ses cheminées de brique qui semblaient rentrer dans le ciel comme dans un œil qu'elles auraient voulu crever. Un paysage de fumée et de travail, une sorte de coquille avec plein d'escargots dedans qui ne se souciaient pas du reste du monde. Et pourtant le monde n'était pas loin : il suffisait pour le voir de monter le coteau. C'est sans doute pour cela que les familles préféraient comme promenade des dimanches les berges du canal et sa tristesse gentillette, son eau calme à peine remuée de temps à autre par le battoir d'une grosse carpe ou la proue d'une péniche. Le coteau nous servait de rideau de scène mais personne n'avait envie d'aller au spectacle. On a les lâchetés qu'on peut. S'il n'y avait pas eu le coteau, on se serait pris la guerre de plein fouet, comme une vraie réalité vraie. Alors que là, on parvenait à la feinter malgré les bruits qu'elle nous lançait comme des vesses sortant d'un corps malade. La guerre organisait ses coquettes représentations derrière le coteau, de l'autre côté, bien loin, c'est-à-dire finalement nulle part, c'est-à-dire au bout d'un monde qui n'était même pas le nôtre. Personne ne voulait vraiment aller y voir. On s'en faisait une légende : on pouvait ainsi vivre avec.

Ce dimanche-là, moi, j'étais monté plus haut que d'ordinaire, oh pas grand-chose, quelques dizaines de mètres, un peu par inadvertance, et tout ça par la faute d'une grive que je suivais pas à pas, tandis qu'elle voletait en piaillant et en tirant une aile cassée où perlaient deux ou trois gouttes de sang. À force de ne voir qu'elle au monde, j'avais fini par arriver sur la crête, qui n'a de crête que le nom, car un grand pré donne à cet endroit comme l'impression qu'une immense main, paume au ciel, couverte d'herbes et de bosquets courtauds, couronne le coteau. J'ai senti, par le vent dans mon col, un vent chaud, que j'avais passé la ligne, celle invisible que nous tous qui étions en bas avions tracée sur la terre et dans nos esprits. J'ai levé les yeux, et je l'ai vue.

Elle était assise sans façon à même l'herbe drue piquetée de marguerites, et le tissu clair de sa robe éparpillée autour de sa taille m'a fait songer à certains *déjeuners* de peintres. La pâture et les fleurs qui l'ornaient semblaient avoir été disposées pour elle seule. La brise soulevait de temps à autre les frisures mousseuses qui donnaient à sa nuque une ombre douce. Elle regardait droit devant elle, ce que nous autres ne voulions jamais voir. Elle regardait avec un beau sourire, un sourire à côté duquel ceux qu'elle nous lançait chaque jour, et pourtant Dieu sait s'ils étaient déjà beaux, paraissaient pâlots et distants. Elle regardait la large plaine, brune et infinie, tremblotante sous les fumées lointaines des explosions dont la fureur venait à nous comme amortie et décantée, irréelle pour tout dire.

Au loin, la ligne de front se confondait avec celle du ciel, si bien que par moments, on aurait cru que de multiples soleils se levaient en même temps, puis retombaient dans un bruit de pétard avorté. La guerre déroulait son petit carnaval viril sur des kilomètres et de là où nous étions, on aurait pu croire à un simulacre organisé dans un décor pour nains de cirque. Tout était si petit. La mort ne résistait pas à cette petitesse, elle s'en allait et avec elle son barda de souffrance, de corps déchiquetés, de cris perdus, de faim et de peur au ventre, de tragédie.

Lysia Verhareine regardait tout cela, ses yeux grands ouverts. Elle avait, devant elle sur ses genoux, ce que je pris tout d'abord pour un livre, mais au bout de quelques secondes, elle écrivit sur le livre qui était en fait, je l'ai bien vu, le petit carnet recouvert de maroquin rouge, quelques mots avec un crayon si petit qu'il disparaissait dans sa main, et en même temps qu'elle mettait ces mots sur la page, ses lèvres en prononçaient d'autres, à moins que ce ne fût les mêmes. Je me faisais l'effet d'un voleur à la contempler ainsi, dans son dos.

J'en étais à me dire ça quand elle a tourné la tête vers moi, lentement, en laissant son beau sourire sur le lointain du champ de bataille. Bien couillon, je suis resté droit comme un I, sans savoir quoi faire ni quoi dire. Si j'avais été tout nu devant elle, je n'aurais pas été plus gêné. J'ai tenté un petit signe de tête. Elle est restée à me regarder avec son visage que je voyais pour la première fois lisse comme un lac en hiver, un visage de morte, je veux dire un visage de morte de l'intérieur, comme si plus rien ne vivait, ne bougeait en elle, comme si le sang l'avait quittée pour aller ailleurs.

Cela a duré le temps d'un supplice. Puis ses yeux sont allés de mon visage à ma main gauche, dans laquelle pendouillait la carabine de Gachentard. J'ai vu ce qu'elle voyait. Je suis devenu rouge comme le cul d'une épeiche. J'ai balbutié quelques mots en les regrettant aussitôt : « ... Elle n'est pas chargée, c'est juste pour... » Et je me suis arrêté. Plus bête, je ne pouvais pas faire. Autant le silence. Elle a laissé ses yeux sur moi. C'était des clous vinaigrés qu'on m'enfonçait partout sous la peau, puis elle a haussé les épaules, avant de retourner à son paysage et me laisser choir dans un autre univers. Un univers bien trop laid pour elle. Ou trop étroit, trop étouffé. Un univers que les dieux et les princesses ignorent tout en le traversant parfois sur la pointe des lèvres et des pieds. L'univers des hommes.

Après ce dimanche, j'ai mis tout mon talent à l'éviter dès que je l'apercevais de loin. Je fonçais dans les ruelles, tombais dans les encoignures de porte, ou sous mon chapeau quand il ne me restait que cela. Je ne voulais plus voir ses yeux. J'étais habité d'une grande honte. Pourtant, au souvenir de ce dimanche, il n'y avait pas de quoi casser trois pattes à un canard ! Qu'est-ce que j'avais vu au fond ? Une jeune fille seule, qui écrivait quelque chose sur un calepin rouge en regardant un paysage de guerre. Et puis, j'avais bien le droit moi aussi d'aller flâner dans les vergers si ça me chantait !

J'ai pendu la carabine à une pointe, au-dessus de ma porte. Elle y est toujours. Et il a fallu que tout le monde soit mort et enterré pour que je reprenne les promenades du dimanche, en allant désormais chaque fois, comme en pèlerinage, jusqu'à cet endroit du pré où j'avais vu la jeune institutrice assise au bord de notre monde.

Je m'assois toujours à la même place, la sienne, et je reprends mon souffle. Ça dure des minutes et des minutes. Je regarde ce qu'elle regardait, le large paysage redevenu calme et lent, sans panache ni lueur, et je revois son sourire donné au bel infini éclaboussé de guerre, je revois tout cela comme si la scène allait se rejouer, et j'attends. J'attends.

X

La guerre durait. Tous les fanfarons qui avaient dit qu'en trois semaines et deux coups de cuillère à pot on aurait renvoyé les Boches chez eux avec un pied au cul faisaient moins les marioles. On ne fêta pas le premier anniversaire des hostilités, sauf dans le bistro de Fermillin, un grand maigre avec une tête d'éteignoir qui avait été dix ans aux Chemins de fer du Nord avant de se découvrir une vocation, « comme un appel du Ciel », me confia-t-il un jour, pour la vente de spiritueux.

Chez lui, ça s'appelait *Au bon pied*. Beaucoup lui avaient fait remarquer que pour un mastroquet, ça ne voulait pas dire grand-chose. Il avait répondu, un peu sèchement, que ce serait ça ou rien et que lui savait pourquoi il avait appelé ainsi son établissement, même si les autres ne le savaient pas, et qu'en plus il emmerdait la population.

À la suite de quoi, il s'était fendu d'une tournée générale qui avait eu la vertu de mettre tout le monde d'accord. La plupart trouvèrent même qu'en définitive, *Au bon pied*, ce n'était pas si mal, que ça sonnait bien, distingué, que ça changeait des *Excelsior*, *Floria*, *Terminus*, *Café des Amis*, et même que ça donnait davantage soif.

Le 3 août 1915, Fermillin déploya une grande banderole en vieux drap sur son enseigne. Dessus, en larges lettres bleues, blanches et rouges, il avait écrit, « *Un an déjà, gloire aux héros!* »

La fête débuta vers cinq heures de l'après-midi avec les fidèles du culte : le Père Voret, un pansard retraité de l'Usine, qui fêtait depuis trois ans son veuvage; Janesh Hiredek, émigré bulgare qui parlait mal le français quand il était à jeun, mais qui citait Voltaire et Lamartine dès qu'il avait deux litres de vin dans le ventre; Léon Pantonin, dit *Peau verte* en raison de la couleur que son visage avait prise à la suite d'un traitement révolutionnaire, à base d'oxyde de cuivre, visant à soigner les fluxions de poitrine; Jules Arbonfel, un géant de deux mètres avec une voix de fille et des allures de grand singe; Victor Durel, que sa femme venait souvent rechercher *Au bon pied*, et avec laquelle il repartait, deux ou trois heures plus tard, lorsqu'elle avait finalement atteint le même état que lui.

Jusqu'à trois heures du matin, le bistro résonna des échos de tous les grands classiques,

Nous partons heureux, *La Madelon*, *Les Jeunes Recrues*, *Poilu mon frère!* entonnés et repris de façon vibrante, avec vigueur, larmes de gosier et trémolos fleuris. Parfois le chant s'entendait davantage quand la porte s'ouvrait et que sortait un combattant qui allait pisser sous les étoiles, avant de rentrer de nouveau dans la gueule du monstre vinassier. Au matin, on entendait encore des râles sortir du bouge. S'en échappait aussi une odeur indéfinissable de vin passé, de sang, de vieille chemise, de dégueulure et de tabac pisseux. La plupart avaient dormi là. Fermillin, premier levé, les réveilla en les secouant comme des pruniers avant de les faire déjeuner au pinot blanc.

Je vis Lysia Verhareine passer devant le café, et sourire, tandis que Fermillin la saluait bien bas en lui donnant du *Mademoiselle*. Je la vis, mais elle ne me vit pas. J'étais trop loin. Elle portait une robe qui avait la couleur sanguine des pêches de vigne, un petit chapeau de paille orné d'un ruban carmin, ainsi qu'un large sac tressé, qui se balançait sur sa hanche d'une façon gaie et douce. Elle s'éloigna vers les champs. C'était le matin du 4 août. Le soleil montait comme une flèche et séchait déjà la rosée. Il allait faire une chaleur à tanner tous les désirs. On n'entendait pas le canon. Même en tendant l'oreille, on ne l'entendait pas. Lysia tourna le coin de la ferme des Mureaux pour entrer dans la campagne où le parfum des foins coupés et des blés mûrs faisait songer que la terre était un grand corps tout alangui d'odeurs et de caresses. Fermillin était resté sur le seuil de son bistro, à perdre ses yeux rouges dans le ciel et à se frotter la barbe. Des gamins partaient courir le monde, avec de gros casse-croûte dans les poches. Sur les cordes à linge, les femmes tendaient des draps qui se gonflaient de vent. Lysia Verhareine avait disparu. Je l'imaginais marcher dans les sentiers d'été comme sur des allées de sable.

Ensuite, je ne la revis jamais.

Je veux dire, je ne la revis plus jamais vivante. Le soir même, le fils Marivelle courut jusque chez moi et me trouva torse nu, la tête pleine d'eau, à me laver avec un broc. Lui, l'eau, il en avait plein les yeux, de grosses larmes qui ressemblaient à des coulées de cire et qui boursouflaient son visage d'adolescent comme s'il s'était approché d'un brasier. « Venez vite, venez vite, qu'il me dit, c'est Barbe qui m'envoie ! Venez vite au Château ! »

Le Château, je connaissais le chemin : je laisse le gamin, et je pars comme un garenne, m'imaginant découvrir Destinat égorgé, la panse ouverte au couteau par un condamné mécontent et revenu après vingt ans passés au bagne, là-bas sous les chaleurs, lui présenter ses politesses. Je me dis même déjà, sur le sentier, qu'en définitive, c'était un juste retour des choses pour lui que de finir ainsi, victime étonnée d'un assassinat joliment barbare, car parmi toutes les têtes qu'il avait obtenues, il y en a certainement qui avaient appartenu à de parfaits innocents, qu'on a conduits à l'échafaud en les maintenant fermement par les bras et les pieds tandis qu'ils gueulaient leur blancheur de Vierge.

J'arrive, donc. Au portail. Ouvert. Avec encore le cheveu mouillé, la chemise en bataille, le pantalon mal boutonné et le cœur qui cogne. Et là, je vois soudain sur le perron, très droit, bien debout, commandeur en diable, un vrai maître de cérémonie, un Suisse impérial, le Procureur, aussi vivant que moi, avec tous ses boyaux à leur vraie place et tout son sang dans ses veines. Soudain, moi, à le voir ainsi, droit comme un mât, les mains ouvertes sur rien, les yeux tendus vers le lointain, la lèvre un peu basse et qui tremble, je me dis que si ce n'est pas lui, je me dis que... Tout s'arrête. Je revois Lysia Verhareine passer l'angle de la ferme des Mureaux, je revois la scène des dizaines et des dizaines de fois, plus vraie que vraie, et tous les détails avec, le mouvement de sa robe, celui de son petit sac, la blancheur de sa nuque sous le soleil naissant, le choc de l'enclume de Bouzie dont la forge est à trois pas, les yeux rouges de Fermillin, les coups de balai de la mère Sèchepart devant sa porte, le parfum de la paille fraîche, les plaintes des martinets qui rasent les toits, le meuglement des vaches que le fils Dourin emmène au parc. Tout cela, dix fois, cent fois, comme si j'étais prisonnier de cette scène, comme si je voulais m'y enfermer à tout jamais.

Je ne sais combien de minutes on est restés ainsi, sur le perron, l'un en face de l'autre sans se regarder, le Procureur et moi. Je ne sais plus trop, les mouvements, les jointures, le découpage de tout ce temps, nos gestes. Ce n'est pas ma mémoire présente qui a du plomb dans l'aile, c'est la mémoire de ce moment qui s'est hachée toute seule, laissant de gros trous dans l'étoffe. J'ai dû faire l'automate, et le suivre dans un mouvement de mécanique. Peut-être qu'il m'a guidé, qu'il m'a pris par la main, qui sait ! Plus tard, j'ai senti de nouveau mon cœur, et mon sang dans ma poitrine. J'avais les yeux ouverts. Le Procureur était à mon côté, sur ma gauche, un peu en retrait. Nous étions dans une chambre tendue de tissu clair et peuplée de bouquets. Il y avait quelques meubles, une commode, une armoire à chapeau de gendarme, un lit.

Et sur ce lit, il y avait Lysia Verhareine. Les yeux clos. Les yeux définitivement clos sur le monde et sur nous autres. Ses mains étaient ramenées sur sa poitrine. Elle avait sa robe du matin, couleur pêche de vigne, et de petits souliers d'un brun singulier, le brun de la terre quand le soleil l'a craquelée et qu'elle se change en soyeuse poussière. Un papillon de nuit tournait au-dessus d'elle, comme un fou, tapant contre le carreau entrouvert de la vitre et repartant de plus belle en cercles titubants vers son visage pour se cogner encore contre la vitre, et recommencer sa danse qui ressemblait alors à une atroce pavane.

Le col de la robe de la jeune fille, légèrement ouvert, laissait voir sur la peau de sa gorge un sillon profond, d'un rouge touchant au noir. Le Procureur me désigna des yeux, au plafond, une suspension en porcelaine bleue, compliquée, flanquée d'un contrepoids en forme de globe terrestre, cuivre luisant, cinq continents, mers et océans, puis il sortit de sa poche une fine ceinture en cuir tressé, à motif de marguerites et de mimosa, à laquelle une main, naguère souple et douce, avait fait une boucle, un cercle parfait qui faisait se rejoindre, comme dans une image de philosophie, la promesse et son contentement, le début et la fin, la naissance et la mort.

On ne s'est rien dit tout d'abord. On ne s'est pas parlé. On s'est regardés, ça oui, et nos yeux se cherchaient puis repartaient vers le corps de la jeune institutrice. La mort ne lui avait pas volé sa beauté, pas encore en tout cas. Elle demeurait parmi nous, pour ainsi dire, visage de presque vivante, teint pâle, et ses mains étaient encore tièdes lorsque sur elles j'ai posé la mienne, pour la première fois, et que cela m'a donné de la gêne car je m'attendais à ce qu'elle ouvre les yeux, me regarde, proteste de cette intimité que je me permettais. Puis j'ai fermé le col de sa robe afin que l'étoffe cache la fine meurtrissure, et que l'illusion enfin soit parfaite d'un sommeil qui ne dit pas son nom véritable.

Le Procureur m'a laissé faire. Il n'a pas osé un geste, ni un pas, et quand j'ai quitté le visage de Lysia pour me tourner vers lui, j'ai vu que ses yeux perdus me posaient une question, une question à laquelle je n'avais pas de réponse. Foutre Dieu, est-ce que je le savais moi pourquoi on mourait ? Pourquoi on choisissait de mourir ? Est-ce que je le sais mieux aujourd'hui ? Après tout la mort, c'était davantage son rayon que le mien ! C'était lui le spécialiste, puisqu'il la demandait si souvent, qu'il la tutoyait pour ainsi dire, qu'il la rencontrait plusieurs fois dans l'année quand il allait dans la cour de la prison de V. assister au rétrécissement d'une de ses victimes, avant de partir, sans état d'âme aucun, déjeuner chez Bourrache !

D'un signe de tête, en lui montrant la mince ceinture, je lui ai demandé si c'était lui qui avait... « Oui... », qu'il m'a dit sans que j'aie eu à prononcer le mot. J'ai raclé ma gorge et j'ai dit : « Vous n'avez rien trouvé... ? » Il a regardé tout autour de lui, lentement, l'armoire, la chaise, la commode, la coiffeuse, les bouquets de fleurs un peu partout comme des sentinelles odorantes, la nuit épaisse et chaude qui forçait la fenêtre, le lit, le petit rideau, le chevet sur lequel une montre délicate poussait ses aiguilles pour avancer le temps, puis il est revenu à mes yeux. « Rien trouvé... », qu'il a repris, hagard, plus du tout Procureur, sans que je sache au juste si c'était un constat ou bien encore une question, ou les mots d'un homme en dessous duquel le sol ne cessait de s'effondrer.

Il y a eu des pas dans l'escalier, lents, pénibles, douloureux, des pas de plusieurs : c'était Barbe et *le Grave* qui précédaient Hippolyte Lucy, le docteur. Un bon docteur, sec comme un coup de trique, humain et très pauvre, ça va avec, car rarement il se faisait payer la visite quand il allait chez les gens de peu, et les gens de peu, chez nous, c'était presque tout le monde. « Vous me paierez plus tard ! » qu'il disait toujours avec un sourire franc comme l'or. « Je ne suis pas dans la misère... », qu'il rajoutait en grondant. Pourtant c'est la misère qui l'a tué, en 27. « Mort de faim ! » a dit Desharet, son gros con de collègue, haleine à l'ail, teint cramoisi, venu de V. en automobile pleine de chromes, de cuir gras et de cuivres, pour examiner le corps cassant du docteur qu'on avait fini par trouver étendu par terre dans sa cuisine, sa cuisine où il n'y avait rien, pas un meuble, pas un garde-manger, pas un croûton de pain, pas un morceau de beurre, simplement une assiette vide depuis des jours et un verre d'eau du puits. « Mort de faim... », qu'il répétait l'autre salopard comme pour s'en offusquer tandis que son ventre et ses bajoues traînaient par terre, le tout ficelé dans de la flanelle et du tissu anglais. « Mort de faim... » Il n'en revenait pas. On lui aurait trempé la tête dans un seau de purin qu'il aurait pas été plus étonné.

Le docteur Lucy s'est approché de Lysia. Il n'a pas fait grand-chose. Qu'est-ce qu'il y avait à faire de toute façon ! Il a mis sa main sur le front de la jeune fille, l'a laissée glisser vers ses joues, vers sa gorge, et dès qu'il a vu le sillon, il s'est arrêté. On n'avait plus qu'à se regarder les uns les autres, avec la bouche un peu ouverte sur toutes nos questions qui ne sortiraient jamais. Barbe nous a fait comprendre qu'on n'avait plus rien à faire là, dans cette chambre de jeune fille et qui le resterait. Elle nous a d'un regard mis à la porte. On lui a obéi comme des gamins, son *Grave*, le Docteur, le Procureur et moi.

XI

Bien sûr il y avait la guerre. Et qui durait. Et qui avait déjà fait des cadavres à ne plus pouvoir les compter. Mais la nouvelle de la mort de la jeune institutrice, et de cette mort-là en plus, donna un coup à la petite ville. Les rues étaient vides. Les commères, les langues de pute, les vieilles pies toujours promptes aux médisances se tenaient coites dans leurs maisons. Dans les bistros, les gars buvaient sans rien dire. On n'entendait que le bruit des verres, des goulots, des gorges, des litres qui se vidaient. C'est tout. Comme un hommage, en sorte, ou une stupeur. Même l'été paraissait en berne. Il y a eu des jours gris, étouffants, avec un soleil qui n'osait plus se montrer et passait ses journées caché derrière d'amples nuages couleur de deuil. Les gamins ne traînaient plus, n'allaient plus à la pêche, ne lançaient plus de pierres dans les carreaux. Les bêtes elles-mêmes paraissaient sans envie. Les cloches découpaient le temps comme un tronc d'arbre mort. Parfois, des hurlements de loup emplissaient la ville. C'était Martial Maire, l'innocent, qui avait tout compris, et qui gueulait sa souffrance, recroquevillé contre la porte de l'école. Peut-être qu'on aurait dû tous faire comme lui. Peut-être que c'est la seule chose à faire dans ces cas-là.

Il aurait fallu que je pose des questions au Procureur. C'est ce qui se fait en cas de mort violente, de suicide puisqu'il faut bien dire le mot, appeler un chat un chat. Oui, il aurait fallu. C'était mon rôle. Mais je n'en ai rien fait. Qu'est-ce qu'il m'aurait appris ? Pas grand-chose sans doute. Et moi je serais resté devant lui bien couillon, à triturer ma casquette, à regarder le parquet, le plafond, mes mains, à ne pas oser poser les vraies questions, et lesquelles d'ailleurs ? C'était lui qui l'avait trouvée. En se promenant, il avait remarqué la fenêtre ouverte et vu le corps. Il s'était précipité, avait forcé la porte de la chambre fermée à clef de l'intérieur, et puis... et puis... Plus rien. Il l'avait prise dans ses bras, l'avait couchée sur le lit. M'avait fait appeler. Ça il me l'a raconté, une fois que Barbe nous avait mis dehors, et que nous tournions dans les pelouses, sans savoir où aller ni que faire.

Dans les jours qui suivirent, Destinat resta invisible dans son Château. Il passait ses heures derrière une fenêtre, à regarder la petite maison comme si la jeune institutrice pouvait encore en sortir. Barbe me l'a raconté le fameux soir où elle m'a tout dit.

On a cherché si Lysia Verhareine avait une famille. Un peu moi et beaucoup le maire. On n'a rien trouvé. Juste une adresse sur des enveloppes, une adresse barrée qui correspondait à une ancienne logeuse, avec qui le maire a parlé au téléphone, mais il ne la comprenait qu'un mot sur deux à cause de l'accent du Nord. Toutefois, ce qu'il a retenu, c'était que la logeuse n'en savait rien. Quand des lettres arrivaient, la logeuse mettait la nouvelle adresse, celle du Château, que la jeune fille lui avait transmise. « Et il y en avait beaucoup des lettres ? » a demandé le maire, j'étais là, à côté de lui. Il n'a jamais eu la réponse. Téléphone coupé. C'était encore fragile en ce temps-là. Et puis c'était la guerre. Même le téléphone la faisait. À sa façon.

Alors on interrogea Marcel Crouche, le facteur, qui ne parvenait jamais à terminer sa tournée, à cause des autres de tournées, qu'il ne refusait jamais, de vin, de goutte, de café-rhum, de Pernod et de vermouths. Vers la fin de la matinée, il terminait assis contre le mur du lavoir, à débiter des boniments politiques et puis à ronfler comme un sonneur, sa sacoche serrée contre lui. Et le Château, c'était plutôt vers la fin de sa distribution, quand il marchait déjà comme sur le pont d'un navire secoué par le gros temps. « Des lettres, bien sûr qu'il y en avait des lettres pour le Château, moi je regardais l'adresse, pas le nom, quand il y avait Château, c'était pour le Château, pas plus compliqué que ça ! Après que ce soit pour le Procureur ou pour la jeune demoiselle, j'en sais foutre rien. Je donnais tout, et lui, il faisait le tri. Oui, toujours en mains propres le courrier, jamais à Barbe, ni au *Grave*, il y tient Monsieur le Procureur, après tout, il est chez lui, non ? »

Marcel Crouche plongea son grand nez troué de vérole dans son verre de fine, en respirant le liquide comme s'il y allait de sa survie. On but tous les trois en silence, le maire, le facteur et moi. Puis il y eut une autre tournée. Pas un mot de plus. Le maire et moi, parfois, on se regardait, entre nos verres, et on savait ce que l'autre pensait. Mais on savait aussi qu'aucun de nous deux n'oserait aller poser la question au Procureur. Alors on ne s'est rien dit.

À l'Instruction publique, ils n'en savaient pas davantage. Sinon que Lysia Verhareine s'était portée volontaire pour une place dans la région. L'Inspecteur que j'étais allé voir tout exprès à V. et qui m'avait fait attendre trois quarts d'heure dans son couloir pour me faire sentir son importance semblait davantage préoccupé par sa moustache droite qu'il ne parvenait pas à lisser malgré la pommade que par la jeune institutrice. Il écorcha son nom à plusieurs reprises, fit mine de fouiller dans des dossiers, consulta sa belle montre en or, se plaqua les cheveux, regarda ses ongles propres. Il avait un œil de veau, tout con et qui ne le sait pas, comme ces bêtes qu'on peut mener à la mort sans qu'elles gémissent car jamais elles ne se doutent qu'un pareil mystère existe. Il me donna du *Mon cher* mais dans sa bouche, on aurait cru un gros mot, un son mal formé dont on se débarrasse avec hauteur.

Au bout d'un moment, il sonna, mais on ne lui répondit pas. Alors il cria. Toujours pas de réponse. Il se mit à hurler et une tête maladive, qui ressemblait à un navet flapi, apparut. La tête toussait toutes les trente secondes, une toux qui venait de très loin pour annoncer que les moments heureux avaient une fin, et que les corps aussi. Le propriétaire de cette tête de presque mort s'appelait Mazerulles. L'Inspecteur lança ce nom comme un coup de fouet. Je compris qu'il était le secrétaire de l'Inspecteur. Lui, il fouilla vraiment dans sa mémoire. Et lui se souvenait de la petite, du jour où elle était arrivée. Les gens n'ont pas toujours la tête de l'emploi. On aurait dit une larve, Mazerulles, un bêta, un courbé, quelqu'un à qui ne pas faire confiance. Ça venait de son physique, de son corps ramolli qui paraissait ne tenir que très mal dans son étrange emboîtage. Je me suis mis à parler avec lui de la petite, et je lui ai dit ce qui était arrivé. Si je lui avais mis un coup de matraque entre les deux yeux, il n'aurait pas été plus sonné. Il a fallu qu'il s'appuie au chambranle, et qu'il bégaie des choses sans suite, sur la jeunesse, la beauté, le gâchis, la guerre, la fin. On n'était plus que tous les deux, Mazerulles et moi, avec un petit fantôme qui venait à nous de phrase en phrase.

L'Inspecteur le sentit bien, cet imbécile, qui trépignait dans notre dos, en soufflant fort, et en répétant, « Bien... Très bien... Très bien... », comme s'il voulait nous foutre dehors très vite. Je suis sorti du bureau en compagnie de Mazerulles, sans saluer le col dur empestant l'amidon et le parfum de grand magasin. La porte a claqué dans notre dos. On s'est retrouvés dans le bureau du secrétaire. C'était tout petit, et ça lui ressemblait. C'était triste, bancal. Il y flottait une odeur de tissu mouillé et de bois de chauffage, de menthol aussi et de gros tabac. Il m'offrit une chaise, près du poêle, s'assit derrière sa petite table, sur laquelle trois encriers dodus prenaient un peu de repos. Il sortit de sa stupeur et me raconta la venue de Lysia Verhareine. C'était tout simple, et ça ne m'apprit rien de plus, mais je prenais plaisir à entendre parler d'elle, par un autre, par quelqu'un qui n'était pas de chez nous. Je me disais ainsi que je n'avais pas rêvé, qu'elle avait bien existé puisqu'un gars que je ne connaissais ni d'Ève ni d'Adam l'évoquait devant moi. À la fin, je lui ai serré la main, à Mazerulles, en lui souhaitant bonne chance, je ne sais pas pourquoi, ça m'était sorti comme ça, mais il n'a pas paru étonné. Il m'a dit simplement, « Oh moi, vous savez, la chance... ». Je ne savais pas mais je pouvais imaginer rien qu'en le regardant.

Maintenant, quoi dire ? Je pourrais raconter l'enterrement de Lysia Verhareine. C'était un mercredi. Il faisait aussi beau que le jour où elle avait choisi de nous tirer sa révérence. Peut-être plus chaud encore. Oui, je pourrais raconter ça, le soleil, les enfants qui avaient tressé des guirlandes de vigne et de blé, tous les habitants jusqu'au dernier dans l'église qui peinait à contenir autant de monde, Bourrache et sa petite, le Procureur au premier rang, comme un veuf, et le gros curé, le père Lurant, nouvellement venu et dont on se défiait jusqu'à ce moment, mais qui sut trouver les mots bien propres pour dire ce que beaucoup avaient dans le cœur, ce curé qui avait accepté les funérailles comme une chose naturelle et qui allait de soi. Oui, je pourrais raconter tout cela, mais je n'en ai guère envie.

Le grand changement, en fait, ce fut chez le Procureur. Il continua encore à demander quelques têtes, mais on aurait dit que le cœur n'y était plus. Pire, il lui arrivait parfois de s'emmêler les crayons dans ses réquisitoires. Quand je dis cela d'ailleurs, ce n'est pas tout à fait exact. Le mieux serait de dire que parfois, alors qu'il traçait les faits, tirait les conclusions, il lui arrivait de freiner son débit, de regarder dans le vague, et de s'arrêter de parler. Comme s'il n'était plus là, dans son perchoir du palais, comme s'il était ailleurs. Comme s'il s'absentait. Oh, ça ne durait jamais très longtemps, et puis personne ne songeait à le tirer par la manche pour le remettre en route, mais il y avait comme une gêne, et lorsqu'il revenait à son réquisitoire, tout le monde semblait soulagé, même le gars qu'on jugeait.

Le Procureur fit fermer la petite maison du parc. Il n'y eut plus jamais de locataire. Comme il n'y eut plus jamais de maître à l'école jusqu'à la fin de la guerre. Destinat arrêta de se promener dans le parc aussi. Il sortit de moins en moins. On apprit un peu plus tard que c'était lui qui avait payé le cercueil et le monument. On trouva tous que c'était un beau geste de sa part.

Quelques mois après la mort de l'institutrice, j'appris par Léon Schirer, un gars qui servait un peu d'homme à tout faire au palais de justice de V., que Destinat avait demandé sa mise à la retraite. Schirer n'était pas du genre à raconter des bobards, mais je ne le crus guère. Déjà parce que le Procureur, même s'il n'avait plus vingt ans, avait encore quelques belles années devant lui, et en plus parce que je me demandais ce qu'il aurait bien pu faire en retraite, à part s'ennuyer royalement, tout seul dans sa maison pour cent, avec deux domestiques à qui il ne disait pas trois mots par jour.

J'avais tort. Destinat prononça son dernier réquisitoire le 15 juin 1916. Il le prononça sans y croire. Il n'obtint d'ailleurs pas la tête de l'accusé. Une fois la salle évacuée, il y eut un discours du président, sobre et court, et puis une sorte d'apéritif avec la brochette des juges, Mierck en tête, des avocats, des greffiers, et de quelques autres. J'y étais aussi. Ensuite, la plupart allèrent au *Rébillon* pour un repas d'adieu. Je dis la plupart. Moi, je n'y étais pas. Pour le mousseux, on me tolérait, mais pour les vraies bonnes choses qu'on ne peut déguster que lorsqu'on est né avec, je pouvais aller me rhabiller.

Ensuite, Destinat entra dans le silence.

XII

Il faut maintenant que je me reporte au matin de 1917, où j'ai laissé au bord du canal tout gelé le petit corps de *Belle de jour* et le juge Mierck avec sa suite transie.

Tout cela a l'air bien embrouillé, comme un coq-à-l'âne cafouilleux, mais au fond, c'est à l'image de ma vie, qui n'a été faite que de morceaux coupants, impossibles à recoller. Pour essayer de comprendre les hommes, il faut creuser jusqu'aux racines. Et il ne suffit pas de pousser le temps d'un coup d'épaule pour lui donner des airs avantageux : il faut le creuser dans ses fissures et lui faire rendre le pus. Se salir les mains. Rien ne me dégoûte. C'est ma besogne. Dehors il fait nuit, et la nuit, qu'est-ce que je pourrais faire d'autre sinon reprendre les vieux draps et les repriser un peu, encore et encore ?

Mierck avait toujours son jaune d'œuf collé sur ses moustaches et son air hautain d'ambassadeur podagre. Il regardait le Château avec un rire qui lui restait dans le coin de la bouche. La petite porte qui donnait sur le parc était ouverte, et l'herbe de part et d'autre était foulée. Le juge se mit à siffloter et à balancer sa canne comme s'il s'agissait d'un chasse-mouche. Le soleil maintenant avait percé la brume et faisait ruisseler le givre. On était tout aussi raides que des piquets de parc, avec les joues dures comme des semelles en bois. *Croûteux* avait cessé de prendre des notes, des notes de quoi d'ailleurs ! Tout avait été dit. « Bien, bien, bien... », reprit Mierck en se balançant sur la pointe des pieds.

Puis il se retourna d'un coup vers le gendarme de la ville : « Vous lui ferez mes compliments ! » Et l'autre qui tombe des nues : « À qui, Monsieur le Juge ? » Mierck le regarda comme s'il avait une fève à la place du cerveau. « À qui ! Mais à la personne qui a cuit les œufs, mon ami, ils étaient excellents, à quoi pensez-vous donc, reprenez-vous ! » Le gendarme de la ville salua. Sa façon au juge d'appeler les gens *mon ami*, ça voulait bien dire qu'en vérité on ne l'était pas du tout, son ami. Il avait l'art de se servir des mots pour leur faire dire des choses auxquelles d'ordinaire ils n'étaient pas destinés.

On aurait pu rester longtemps encore comme ça, le juge, le gendarme aux œufs, *Croûteux*, le fils Bréchut, Grosspeil, Berfuche et moi, moi à qui le juge n'avait pas dit un mot, c'était toujours ainsi. Le médecin était reparti depuis un moment, avec sa sacoche en cuir et ses gants en chevreau. Il avait laissé *Belle de jour*, ou plutôt sa forme, la forme de son corps de fillette, sous la couverture mouillée. Le canal continuait à filer son eau rapide. Je me suis souvenu alors d'une formule grecque, sans trop me la rappeler, mais qui parlait de temps et d'eau courante, quelques mots simples qui disaient tout de la vie et surtout faisaient bien comprendre que jamais on ne pouvait la remonter, la vie. Quoi qu'on fasse.

Deux ambulanciers ont fini par arriver, la gueule enfarinée, à se peler dans leurs minces blouses blanches. Ils venaient de V. et avaient tourné longtemps avant de trouver l'endroit. Le juge leur a fait un signe en désignant la couverture : « Vous pouvez en disposer ! » qu'il leur a lancé. On aurait cru qu'il parlait d'un canasson ou d'une table dans un café. Je suis parti. Sans un mot à personne.

Il a pourtant bien fallu que j'y revienne au bord de l'eau. Que je fasse mon métier, en plus du métier d'homme qui n'est pas le plus facile. J'ai attendu les premières heures de l'après-midi. Finie, la morsure aigre du matin : il faisait presque doux. C'était un autre jour, on l'aurait cru. Grosspeil et Berfuche avaient été remplacés par deux autres gendarmes qui gardaient l'endroit et éloignaient les curieux. Ils m'ont salué. Des gardons se coulaient entre les algues. De temps à autre l'un d'eux venait à la surface pour tâter de l'air, puis il repartait en battant de la queue pour reprendre sa place dans la petite bande. L'herbe reluisait d'innombrables gouttes d'eau. Tout avait changé déjà. On ne distinguait plus l'empreinte que le corps de *Belle de jour* avait creusée sur la berge. Plus rien. Deux canards se disputaient un coussin de cresson. L'un finit par pincer de son bec le cou de l'autre qui partit en éparpillant derrière lui des cris plaintifs.

J'ai traîné un moment, en ne pensant pas à grand-chose, sinon à Clémence et au petit qui était dans son ventre. J'avais un peu honte d'ailleurs, je m'en souviens, de penser à eux, à notre bonheur, alors que j'étais à marcher près de l'endroit où on avait tué une fillette. Je savais que dans quelques heures j'allais les revoir, elle et son ventre rond comme une belle citrouille, ce ventre dans lequel, lorsque j'y appliquais l'oreille, j'entendais les battements de l'enfant et sentais ses mouvements ensommeillés. J'étais sans doute en ce jour glacé le plus heureux de la terre, au milieu d'autres hommes non loin qui tuaient et mouraient comme on respire, tout près d'un assassin sans visage qui étranglait les agnelles de dix ans. Oui, le plus heureux. Je ne m'en voulais même pas.

Le bizarre de l'enquête, c'est qu'elle fut confiée à personne et à tout le monde. Mierck s'en fit un ragoût. Le maire y mit son nez. Les gendarmes humèrent le fumet de loin, mais surtout, il y eut un colonel pour s'accaparer les manœuvres. Il débarqua le lendemain du crime, en prétextant de la situation de guerre et de la zone de front pour dire qu'il avait compétence à nous donner des ordres. Matziev, qu'il s'appelait, un nom vaguement russe, une allure de danseur napolitain, une voix de pommade, cheveux lustrés ramenés en arrière, fine moustache, élégant, des jambes souples, un torse de lutteur grec. Bref, un apollon gradé.

On a tout de suite vu à qui on avait affaire : un amateur de sang, mais qui était du bon côté, là où on peut le faire couler et le boire sans offusquer quiconque. L'hôtel ayant fermé ses portes faute de clients, il prit ses quartiers chez Bassepin qui louait quelques chambres et vendait du charbon, de l'huile, de la graisse et des boîtes de singe à tous les régiments qui passaient.

Les meilleures années de sa vie à Bassepin, la guerre ! Vendre au plus fort prix ce qu'il allait acheter très loin pour des clopinettes. S'en mettre plein les poches, travailler jour et nuit, refiler à tous les intendants de passage le nécessaire et le superflu, reprendre parfois aux régiments qui partaient ce qu'il leur avait vendu pour le refourguer à d'autres qui les remplaçaient, et ainsi de suite. Un cas d'espèce. Le commerce fait homme.

L'après-guerre ne lui fut point trop désagréable non plus. Très vite, il comprit la frénésie municipale d'honorer les morts au combat. Bassepin élargit son négoce et vendit du poilu en fonte et du coq gaulois à la tonne. Tous les maires du grand Est s'arrachaient ses guerriers figés, drapeaux en l'air et fusil tendu, qu'il faisait dessiner par un peintre tuberculeux *médaillé aux expositions*. Il y en avait pour tous les prix et tous les budgets, vingt-trois modèles au catalogue, avec en option les socles en marbre, l'or pour les lettres, les obélisques, les petits enfants en zinc tendant des couronnes aux vainqueurs, les allégories de la France aux allures de jeune déesse à la poitrine nue et consolatrice. Bassepin vendait de la mémoire et du souvenir. Les municipalités acquittaient leurs dettes aux moribonds de façon bien visible et qui durerait, monuments encadrés de graviers et de tilleuls devant lesquels, tous les 11 novembre, une fanfare gonflée à bloc pétaraderait les airs gaillards du triomphe et ceux pisseux de la douleur, tandis que les chiens errants lèveraient la patte tout autour, de nuit, et que les pigeons ajouteraient leurs décorations fienteuses à celles données par les hommes.

Bassepin avait un gros ventre en poire, un bonnet de taupe qu'il ne quittait jamais hiver comme été, un bâton de réglisse dans la bouche, des dents très noires. Célibataire à cinquante ans, on ne lui connaissait pas d'aventures. L'argent qu'il avait, il le gardait, ne le buvait même pas, ne le jouait pas plus, ne l'envoyait jamais valser dans les bordels de V. Pas de vice. Pas de luxe. Pas d'envie. Juste l'obsession d'acheter et de vendre, d'engranger l'or pour rien, comme ça. Un peu comme ceux qui bourrent leurs granges de foin jusqu'à la gueule alors qu'ils n'ont pas de bêtes. Mais après tout c'était son droit, à Bassepin. Il est mort cousu comme Crésus, en 31, d'une septicémie. C'est incroyable comme une petite plaie de rien du tout peut vous pourrir la vie, et même l'abréger. Lui, ça a commencé au pied, une écorchure, à peine une entaille. Cinq jours plus tard, il était raide, et tout bleu, marbré de bas en haut. On aurait cru un sauvage d'Afrique recouvert de peinture, mais sans les cheveux crépus ni la sagaie. Pas d'héritier. Pas une larme de quiconque. Ce n'est pas qu'on le détestait, non, loin de là, mais un homme qui ne s'intéressait qu'à l'or et ne regardait jamais personne ne méritait pas qu'on le plaigne. Il avait eu tout ce qu'il souhaitait. Ce n'est pas tout le monde qui peut en dire autant. Peut-être que c'était là la raison de sa vie à Bassepin, venir au monde pour collectionner les pièces. Ce n'est au fond pas plus idiot qu'autre chose. Il en a bien profité. Après sa mort, tout l'argent est parti à l'État : une bien belle veuve, l'État, toujours joyeuse et qui ne porte jamais le deuil.

Quand Matziev a logé chez lui, Bassepin lui a donné la plus belle des chambres, et toutes les fois qu'il le croisait, il soulevait son bonnet de taupe. On pouvait alors voir sur son crâne, entre ses trois ou quatre cheveux qui se battaient en duel, une grande tache de vin qui agrémentait sa peau de navet en mimant les contours du continent américain.

La première chose importante que fit Matziev dès qu'il arriva dans notre petite ville, c'est de se faire apporter par son ordonnance un phonographe. On le vit passer des heures à la fenêtre de sa chambre, vantaux ouverts malgré le froid qui ne démordait pas, à fumer des cigares fins comme des lacets et à remonter toutes les cinq minutes son instrument crachotant. Il écoutait toujours la même chanson, une scie à la mode quelques années plus tôt quand on croyait tous encore que le monde était éternel et qu'il suffisait de se persuader qu'on allait être heureux pour l'être vraiment :

Caroline, mets tes p'tits souliers vernis...
Caroline, je te le dis...

Vingt fois, cent fois par jour, Caroline mettait ses mignonnes chaussures tandis que le colonel fumait d'un air élégant, le poignet cassé, des bagues à tous les doigts, ses petites puanteurs brunâtres, en laissant traîner ses yeux noirs sur les toits des alentours. Je l'ai encore aujourd'hui dans la tête sa chanson, j'en ai les dents qui grincent. Quand on l'entendait tandis qu'on était tous encore à penser à *Belle de jour*, à imaginer le visage de la bête qui avait fait ça, la chanson du colonel, c'était un peu comme un vilebrequin qui nous serait rentré dans le cerveau avec sa mèche, lentement, après nous avoir fait un trou bien méticuleux dans le crâne. Au fond, sa chanson, c'était la cousine des œufs du juge, ses *petits mondes* dégustés à deux pas du cadavre. Pas étonnant que ces deux-là, Mierck et Matziev, sans se connaître auparavant, et en étant l'un pour l'autre le jour et la nuit, se soient entendus comme larrons en foire. Ce n'est au fond qu'une question de salissure.

XIII

Mais rien n'est simple. Il n'y a que les saints et les anges qui ne se trompent jamais. Matziev, vu ce qu'il a fait et que je vais raconter, on l'enfournerait illico dans l'espèce des salopards, la plus nombreuse sur terre, celle qui se reproduit le mieux et prospère comme des cafards.

Pourtant c'est le même qui, vingt-trois ans avant l'*Affaire*, avait fait piétiner sa carrière, restant lieutenant pendant des lustres tandis que les autres prenaient du galon, et tout ça pour avoir été dreyfusard, mais attention, pas un dreyfusard d'opérette ou de fin de repas de famille, comme des milliers le furent ! Non, Matziev, lui, il avait eu des couilles de taureau en ce temps-là, et c'est en public qu'il avait soutenu le petit capitaine, disant croire en son innocence, prenant à revers et à rebrousse-poil la bonne pensée de l'état-major, se mettant à dos d'un coup tous ceux qui auraient pu lui mitonner un bel avancement et le propulser vers les étoiles, celles qu'on coud sur les épaulettes des uniformes et qui sont tout en or.

Tout ça, c'est de l'Histoire, de la grande comme on dit, mais qui tombe souvent aux oubliettes et qu'on repêche par hasard, en fouillant dans les greniers ou dans les vieux tas d'ordures.

C'était à la mort de mon père, en 26. Il avait fallu que je retourne dans la maison bancale où j'étais né et où j'avais grandi. Je ne voulais pas traîner. Mon père, ça faisait un mort de plus, et j'avais déjà eu mon compte, pour de bon. La maison, c'était la maison de mes morts, ma mère il y a bien longtemps, j'étais un galopin, Dieu ait son âme, et puis là mon père. Ce n'était plus la maison de mon jeune âge. Elle avait pris un goût de tombe.

Même le village ne ressemblait plus à rien de ce que j'avais connu. Tout le monde en était parti après la guerre, quittant, après quatre ans de bombardements, les bâtiments éventrés et les rues trouées comme des fromages suisses. N'y étaient restés que mon père, parce que partir pour lui, ça aurait été faire triompher les Boches, même après leur défaite, et Fantin Marcoire, un vieux tapé de la cafetière qui parlait aux truites et vivait avec une vache très vieille qu'il appelait *Madame*.

Sa vache et lui dormaient côte à côte dans l'étable. Ils avaient fini par se ressembler, pour l'odeur et le reste, sinon que la vache avait sans doute plus de jugeote que lui, et moins de hargne. Fantin détestait mon père. Celui-ci le lui rendait bien. Deux fous dans un village fantôme, à s'invectiver par-delà les ruines, à se jeter parfois des pierres comme des gamins aux fronts ridés et aux jambes torses. Tous les matins, avant que le jour se lève, Fantin Marcoire venait baisser son pantalon et chier devant la porte de mon père. Et tous les soirs, mon père attendait que Fantin Marcoire soit couché contre le flanc de sa vache pour en faire autant devant sa porte.

Cela a duré des années. Comme un rituel. Une forme de salut. La politesse du bas-ventre. Ils se connaissaient depuis l'école. Ils se haïssaient sans trop savoir pourquoi depuis ce moment. Avaient couru après les mêmes filles, joué aux mêmes jeux, éprouvé sans doute les mêmes douleurs. Et le temps les avait creusés comme il creuse le corps et le cœur de tous les hommes.

« Alors il est mort ?

– Bien mort, Père Marcoire...

– Le salaud, me faire ça !

– Il avait l'âge.

– Ça veut dire que je l'ai aussi ?

– Ça veut dire.

– Le fumier, me faire ça à moi ! Qu'est-ce que je vais devenir maintenant ?

– Vous allez partir, aller ailleurs, Père Marcoire.

– T'en as de bonnes, morveux, aller ailleurs... T'es aussi con que ton père ! La charogne ! à croire qu'il était venu sur terre rien que pour m'emmerder... Qu'est-ce que je vais devenir... Tu crois qu'il a souffert ?

– Je ne crois pas.

– Même pas un peu ?

– Peut-être, je ne sais pas, qui peut savoir ?

– Moi je vais souffrir, c'est sûr, je sens que ça commence déjà, le salopard... »

Fantin est parti dans ce qui avait été la rue principale du village. Il évitait les anciens trous d'obus en faisant de grands détours. On aurait dit une danseuse, une danseuse fin de carrière, bien en colère, et qui tous les trois mètres traitait mon père mort de « crevure » et d'« andouille ». Puis il a disparu après avoir tourné l'angle de la boutique à Camille, « *Faveurs, colifichets et nouveautés* », dont le rideau de bois éventré dessinait comme les touches éclatées d'un piano gigantesque.

La maison de mon père, c'était une bauge de sanglier. J'ai bien essayé de retrouver des airs perdus, des souvenirs, des images d'autrefois.

Mais plus rien ne bougeait. La crasse et la poussière avaient donné aux choses un habit d'ankylose. C'était comme le grand cercueil d'un mort improbable, qui aurait voulu emporter tout avec lui, mais qui finalement n'avait pas eu le courage. Je me suis rappelé ce que l'instituteur nous avait raconté de l'Égypte, de ses pharaons et de leurs tombes emplies jusqu'à la gueule de leurs richesses passagères. C'était un peu ça, la maison de mon père, sauf qu'il n'avait jamais été un pharaon, et qu'à la place de l'or et des pierreries, il n'y avait que de la vaisselle sale et des litrons vides, partout, dans toutes les pièces, posés en grands tas branlants et translucides.

Je n'avais jamais aimé mon père, et je ne savais même pas pourquoi. Je ne l'avais jamais détesté non plus. On ne s'était pas parlé, c'est tout. Il y avait toujours eu la mort de ma mère entre nous, comme une épine, un pan de silence épais et qu'aucun de nous deux n'avait osé découper pour tendre la main vers l'autre.

Dans ce qui avait été ma chambre, il s'était établi un camp retranché, un fortin de pacotille en piles de journaux posées les unes à côté des autres et qui montaient jusqu'au plafond. De la fenêtre ne subsistait qu'une mince meurtrière d'où il pouvait apercevoir la bâtisse délabrée où demeurait Fantin Marcoire. Près de l'ouverture, par terre, il y avait deux lance-pierres, coudrier et lanière de chambre à air, de ceux qu'on fait quand on est gosse pour tirer les corbeaux et les fesses du garde champêtre. À côté d'eux, une provision de cavaliers rouillés et de vis tordues, un morceau de saucisson entamé, un litre de vin épais, à demi bu, un verre sale.

C'était là que mon père avait continué sa guerre, bombardant de menue ferraille son ennemi de toujours quand il sortait de chez lui. Je l'ai imaginé passant des heures, à ruminer et à boire, en gardant son œil sur la fente de jour, guettant à l'oreille les bruits de la rue, se resservant des canons comme on trompe le temps en regardant sa montre. Et puis soudain prendre un lance-pierre, y mettre la munition, viser l'autre, attendre ses gueulées, les entendre, le voir se frotter la cuisse, ou la joue, ou le cul, saigner peut-être aussi, brandir le poing et les injures, se faire traiter de tous les noms, alors se taper les cuisses, rigoler jusqu'à cracher ses poumons, rigoler longtemps en attendant que le rire se meure en hoquets grotesques, ne plus rire, marmonner, reprendre son souffle, son sérieux, son ennui, son vide. D'une main tremblante se servir le vin, le boire, le boire d'un trait, songer qu'on n'est pas grand-chose, oui pas grand-chose, que cela ne peut plus durer très longtemps, qu'un jour c'est très long, qu'il faut tenir encore, et qu'il y aura d'autres jours, encore, encore et encore, boire d'un trait à la bouteille, et penser qu'on est rien.

C'est en quittant la pièce que mon épaule a cogné une pile de journaux qui se sont effondrés dans un bruit de feuilles flétries. Des jours perdus ont glissé à mes pieds, des années mortes, des drames lointains. Et au milieu de tout ça, me sautant à la gueule, le nom de Matziev, en grosses lettres, en tête d'un petit article tout en hauteur.

L'incident avait eu lieu en 1894, un jour de décembre. Un soir plutôt : le lieutenant Isidore Matziev, c'était écrit, je reproduis les mots, « *avait devant une assemblée réunie dans l'arrière-salle d'un café proclamé sa croyance en l'innocence du capitaine Dreyfus. Applaudi par le public composé de syndicalistes et de révolutionnaires, Matziev, revêtu de son uniforme, avait également lancé qu'il avait honte d'appartenir à une armée qui incarcérait les justes et laissait libres les vrais traîtres* ». Le journal écrivait que la foule lui avait fait un triomphe, triomphe interrompu par l'arrivée de la gendarmerie qui avait procédé à quelques arrestations, dont la sienne, et distribué de nombreux coups de matraque. Considéré comme « *fauteur de troubles, ayant rompu le code du silence, ayant sali par ses paroles l'honneur de l'armée française, le lieutenant Matziev comparut le surlendemain devant un tribunal militaire qui le condamna à six mois d'arrêts de rigueur* ».

Le pisse-copie qui avait écrit l'article terminait en se scandalisant de l'attitude du jeune militaire, dont le nom d'ailleurs « *fleurait bon son juif, son Russe, à moins que ce ne soit les deux* ». C'était signé Amédée Prurion. Un beau nom d'imbécile pour un vrai salopard. Qu'est-il devenu ce Prurion ? A-t-il continué longtemps à vomir sa petite haine de tous les jours sur son papier jauni qui, à coup sûr, dans bien des foyers, a fini par torcher les culs ? Prurion. Le nom sonne comme une maladie, un vieil herpès jamais guéri. Je suis certain qu'il avait une tête de cafard, Prurion, des jambes arquées, une haleine de bouc, tout l'attirail de ceux qui crachent leur bile et se poivrent ensuite avec aigreur dans des brasseries désertes, en louchant vers la croupe de la fille de salle, harassée, qui passe le lave-pont et répand la sciure. S'il est mort aujourd'hui, Prurion, ça fait un fumier de moins sur terre. S'il est encore en vie, il ne doit pas être très beau. La haine est une cruelle marinade : elle donne à la viande une saveur de déchet. En définitive, Matziev, même si je l'ai connu quand il a tourné ordure, valait bien mieux que lui. Au moins, une fois dans sa vie, il n'a pas fait honte à sa qualité d'homme. Qui peut en dire autant ?

J'ai gardé l'article, comme une preuve. Une preuve de je ne sais quoi ! Et je suis sorti de la maison. Je n'y suis jamais revenu. La vie ne souffre pas les retours. J'ai repensé à Matziev, à sa fine moustache cirée, à ses cigares tordus, à son phono qui débitait la chansonnette. Lui aussi avait fini par se perdre dans le temps, avec tout son barda, une fois l'*Affaire* réglée, réglée pour eux s'entend. Sans doute avait-il de droite et de gauche continué à trimbaler sa *Caroline* de lieu en lieu, à la recherche de rien. Quand on croisait ses yeux, il donnait le sentiment d'être arrivé. Arrivé où, ça on ne savait pas. Mais arrivé. Et que là où il était, il ne lui servait plus à rien de s'agiter. Que c'était fini. Qu'il ne lui restait plus qu'à attendre le dernier rendez-vous.

Cette nuit, la neige est tombée pendant des heures. Je l'entendais tandis que je cherchais dans mon lit le sommeil. Ou en tout cas j'entendais son silence, et je devinais derrière les volets mal clos sa blancheur envahissante, qui gagnait en force d'heure en heure.

Tout cela, silence et tapis blanc, me retranche un peu plus encore du monde. Comme si j'en avais besoin ! Clémence l'aimait cette neige. Elle me disait même : « Si elle vient, ce sera le plus bel habit pour notre petit... » Elle ne pensait pas si bien dire. Le bel habit fut aussi le sien.

À sept heures, j'ai poussé la porte. Le paysage sortait d'une pâtisserie : crème et nuage de sucre partout. J'ai cligné les yeux comme devant un miracle. Le ciel bas roulait ses bosses lourdes sur la crête du coteau et l'Usine, d'ordinaire pétant de rage comme un monstre borgnard, donnait dans la mélodie gentillette du ronronnement. Un nouveau monde. Ou le premier matin d'un nouveau monde. Comme d'être le premier homme. Avant les souillures, la trace des pas et celle des méfaits. Je ne sais pas trop bien dire. C'est difficile les mots. De mon vivant je ne parlais guère. J'écris *de mon vivant* comme si désormais j'étais mort. Au fond, c'est vrai. C'est la vraie vérité vraie. Depuis si longtemps je me sens mort. Je fais semblant de vivre encore un peu. J'ai le sursis, c'est tout.

Mes pas sont des traîtres pleins de rhumatismes mais qui savent encore très bien ce qu'ils veulent. Me faire tourner en rond. Comme une bourrique attachée à sa meule et qui broie le grain perdu. Me ramener au cœur. Je me suis retrouvé par leur faute au bord du petit canal qui dessinait dans la blancheur un filet vert orné d'étoiles fondantes. J'enfonçais dans la neige et je pensais à la Bérézina. C'est cela qu'il m'aurait fallu peut-être, une épopée, pour me persuader dans le fond que la vie a un sens, que je me perds dans la bonne direction, que là où je vais, c'est droit dans les livres d'histoire, et pour des siècles, que j'ai eu bien raison d'avoir ajourné mon départ, tant de fois, en enlevant au dernier moment le canon de la carabine de Gachentard que je glissais dans ma gorge, les matins où je me sentais vide comme un puits à sec. Le goût du fusil… c'est d'un drôle ! La langue s'y colle. Picotements. Parfums de vin, roches claires.

Des fouines s'étaient battues. Leurs pattes tout en griffes avaient laissé des calligraphies, des arabesques, de mots de fou sur le manteau de neige. Leur ventre aussi faisant comme des coulées, des sentes légères qui s'éloignaient, se croisaient, se fondaient l'une à l'autre pour diverger de nouveau et s'interrompre, comme si soudain, au bout des jeux, les deux bestioles en un clin d'œil s'étaient envolées dans le ciel.

« Être aussi vieux et aussi couillon… »

J'ai cru que le froid me jouait des tours.

« Tu veux attraper la mort ? » a repris la voix qui sortait comme d'un lointain, tout en consonnes râpeuses et bruits de médailles. Pas besoin de me retourner pour savoir qui me parlait. Joséphine Maulpas. Mon âge. Ma conscrite. Venant du même village que moi. Arrivée ici quand elle avait treize ans, comme bonne à tout faire, ce qu'elle fit jusqu'à vingt ans, passant d'une famille cossue à une autre, et tâtant petit à petit de la bouteille, au point d'y tomber tout à fait, et de ne plus trouver à se placer. À la porte de partout, jetée, sortie, barrée, fichue. Et pour finir, et des années durant, il ne lui resta plus que le commerce puant des peaux écorchées, de lapins, de taupes, de belettes, de furets, de renards, de tout, sanguinolentes encore, toutes fraîches décollées au canif. Trente ans et plus à passer dans les rues avec sa charrette goitreuse, en criant son refrain « peaux d'lapins ! peaux d'bêtes ! peaux d'lapins ! », prenant ainsi le parfum viandeux des cadavres, et la mine des animaux occis, leur teint violet, leurs yeux ternes, elle qui jadis avait été jolie comme un cœur.

Pour quelques pièces, Joséphine, que les gamins appelaient *la Peau*, refourguait ses trésors à Elphège Crochemort, qui les tannait dans un ancien moulin, sur les bords de la Guerlante, à six kilomètres en amont de chez nous. Un vieux moulin, à demi ruiné, qui prenait l'eau comme un gros navire ouvert, mais tenait quand même debout, saison après saison.

Crochemort venait rarement en ville. Mais quand il y était, on le suivait à la trace. On savait sans peine par quelle rue il était passé tant il puait terriblement, été comme hiver, soir et matin, comme s'il avait lui-même mariné des jours entiers dans ses bains d'alcali. C'était un très bel homme, grand, avec des cheveux noirs brillants ramenés en arrière, et des yeux bien vifs et d'un beau bleu azur. Un très bel homme seul. Je le voyais toujours à la façon d'un condamné perpétuel, comme on dit qu'il y en avait chez les Grecs, roulant des rochers ou se faisant manger le foie. Peut-être bien qu'il avait commis une faute, Crochemort, une faute sombre et qui le poursuivait ? Peut-être qu'il la payait ainsi, dans sa solitude et son fumet de charogne, alors que frotté de lavande et de jasmin, toutes les femmes se seraient pâmées à ses pieds ?

Joséphine lui amenait son butin chaque semaine. Les odeurs, elle ne les sentait plus. Quant aux hommes, voilà bien longtemps qu'elle avait choisi de leur tourner le dos, et de les éviter, n'ayant été de toute sa vie que mariée à elle-même. Elphège Crochemort la recevait comme une reine – je le tiens d'elle –, lui offrait un verre de vin cuit, parlait avec grâce de la pluie, des peaux et du beau temps, lui souriait de ce sourire que j'ai déjà dit. Puis il la payait, l'aidait à décharger sa charrette, et pour finir, la raccompagnait jusqu'au chemin comme l'aurait fait un galant.

Depuis vingt ans, Joséphine logeait tout au bout de la rue des Chablis, presque dans les champs. Pas une maison, non, juste quelques planches noircies par la pluie et qu'un miracle ordinaire faisait tenir ensemble. Une cabane sombre comme le charbon, qui faisait peur aux gamins, et que tous pensaient remplie jusqu'à la gueule de peaux puantes, de bêtes défuntes, d'oiseaux écartelés et de souris clouées pattes tendues sur des planchettes. Personne n'y entrait jamais.

Moi j'y suis allé, deux fois. À n'y pas croire. C'était comme de passer les portes de ténèbres et surgir dans un domaine de lumière. On aurait cru un appartement de poupée, propre comme un sou, tout en teintes roses et petits rubans frisés noués un peu partout.

« T'aurais peut-être voulu que je vive dans la crasse ? » m'avait dit Joséphine la première fois, tandis que j'étais resté la bouche ouverte comme une brème hors de l'eau, à faire aller mes yeux de droite et de gauche. Il y avait un bouquet d'iris sur une table recouverte d'une belle nappe, et sur les murs, des cadres peints encadrant des images de saints et d'angelots, de celles que les curés donnent aux communiants et aux enfants de chœur.

« Tu y crois ? » avais-je alors demandé à Joséphine en lui désignant du menton la gracieuse galerie. Elle avait haussé les épaules, moins dans une sorte de moquerie que pour me dire une évidence, quelque chose dont il ne vaut même pas la peine de discuter.

« Si j'avais de belles casseroles en cuivre, je les accrocherais tout comme, et ça produirait le même effet, le sentiment que le monde n'est pas si laid, qu'il y a parfois de petites dorures, et qu'au fond, la vie, ce n'est rien d'autre que la recherche de ces miettes d'or. »

J'ai senti sa main sur mon épaule. Puis son autre main, et enfin la chaleur d'une étoffe de laine.

« Pourquoi tu reviens ici, Dadais ? » Elle

m'avait toujours surnommé comme ça, Joséphine, depuis que nous avions sept ans, mais jamais je n'avais su pourquoi. Pour un peu j'allais lui répondre, et me lancer dans de grandes phrases, tout près de l'eau, les pieds dans la neige, en chemise. Mais le froid faisait grelotter mes lèvres, et soudain je me suis senti transi au point de ne jamais plus pouvoir partir.

« Tu y reviens bien, toi ?

– Je passe, c'est pas pareil. Moi, je n'ai pas de remords. J'ai fait ce qu'il fallait faire. J'ai tenu mon rôle, et tu le sais.

– Mais je t'ai crue !

– T'étais bien le seul... »

Joséphine m'a frotté les épaules. Elle m'a secoué et la douleur du sang revenant dans toutes mes veines m'a donné un grand coup de fouet. Puis elle m'a pris par le bras, et nous sommes allés, curieux couple, dans la neige et le matin d'hiver. Nous avons marché sans rien nous dire. Parfois, je regardais son vieux visage pour y retrouver ses traits de fillette. Mais autant retrouver de la chair autour des squelettes. Je me laissais faire comme un enfant. J'aurais bien fermé les yeux, et dormi, debout, tout en continuant à mettre un pied devant l'autre, en espérant au fond de moi ne jamais plus ouvrir les paupières, et continuer ainsi dans ce qui aurait pu être la mort ou bien une lente promenade sans fin ni but.

Chez moi, Joséphine m'a d'autorité assis dans le grand fauteuil, et puis elle m'a emmitouflé dans trois épaisseurs de paletots : je me suis retrouvé nourrisson. Elle est partie dans la cuisine. J'ai approché les pieds du poêle. Peu à peu tout revenait dans mon corps, les élans et les douleurs, les craquements, les gerçures. Elle m'a tendu un bol brûlant qui sentait la prune et le citron. J'ai bu sans rien dire. Elle aussi a bu. Elle a terminé son bol et fait claquer sa langue :

« Pourquoi tu t'es jamais remarié ? »

– Et toi, pourquoi tu es restée toute seule ?

– J'ai tout connu des hommes quand j'avais pas quinze ans. Tu sais pas ce que c'est d'être bonniche ! Plus jamais je me suis dit, et j'ai tenu parole. Mais toi, c'est pas pareil...

– Je lui parle tu sais, chaque jour. Il n'y avait pas de place pour une autre.

– Avoue que c'était aussi pour faire comme le Procureur !

– Rien à voir.

– Que tu dis... Depuis tout ce temps que tu rumines, c'est tout comme si t'étais marié avec lui. Je trouve même qu'avec les années, tu commences à lui ressembler, c'est ça les vieux couples.

– T'es bête Fifine... »

On s'est tus un moment, puis elle a repris :

« Je l'ai vu le fameux soir, je te le jure, de mes yeux vu, même si l'autre crevure n'a pas voulu me croire, comment il s'appelait déjà ce porc en habit ?

– Mierck.

– Joli nom ! Il est mort j'espère ?

– En 31, la tête fracassée par le sabot de son cheval.

– Tant mieux. Ça réjouit parfois les départs. Mais pourquoi il t'a pas cru, toi. C'était toi le policier !

– C'était lui le juge... »

J'ai dévalé une fois de plus les années, pour finir au même point. Je connais tellement bien la route. C'est comme de revenir dans un pays familier.

XIV

Joséphine était venue me trouver trois jours après la découverte du corps de *Belle de jour*. L'enquête tournait en rond. Les gendarmes interrogeaient à droite et à gauche. Matziev écoutait sa chanson. Mierck était reparti à V., et moi j'essayais de comprendre.

Clémence lui avait ouvert la porte, avec son ventre très gros qu'elle tenait à deux mains en riant sans cesse. Elle connaissait un peu Joséphine, et l'a laissée entrer malgré son air d'épouvante et sa réputation de sorcière.

« Elle était si douce ta femme... ». Joséphine me tendait de nouveau le bol rempli.

« Je ne me souviens plus bien de ses traits, ajouta-t-elle, mais je me souviens qu'elle était douce, que tout était doux chez elle, ses yeux et sa voix.

– Moi non plus, lui dis-je, je n'ai plus son visage... Souvent je le cherche, j'ai l'impression qu'il vient vers moi, et puis il s'efface, il ne reste plus rien, alors je me tape, je m'engueule...

– Pourquoi donc, bêta ?

– Ne plus se souvenir du visage de celle qu'on aimait... Je suis un salaud. »

Joséphine haussa les épaules :

« Les salauds, les saints, j'en ai jamais vu. Rien n'est ni tout noir, ni tout blanc, c'est le gris qui gagne. Les hommes et leurs âmes, c'est pareil... T'es une âme grise, joliment grise, comme nous tous...

– Des mots tout ça...

– Qu'est-ce qu'ils t'ont fait les mots ? »

Je l'avais fait asseoir et elle m'avait raconté son histoire, d'un trait, avec des termes bien précis. Clémence s'était retirée dans la chambre. Je savais ce qu'elle y faisait, aiguilles, pelotes de laine bleue et rose, dentelle, depuis des semaines déjà. Tandis que Joséphine parlait, parfois je pensais à elle, dans la pièce toute proche, à ses doigts qui filaient sur les aiguilles, à son ventre dans lequel des coups de pied et de coude cognaient dur.

Et puis, petit à petit, le corps trempé de *Belle de jour* est entré dans la pièce. Elle s'est assise à côté de moi, et c'est comme si elle était venue pour écouter ce qu'avait à dire Joséphine, pour dire oui ou pour dire non. Alors, peu à peu, je n'ai plus pensé à rien. J'écoutais Joséphine. Je regardais *Belle de jour*, son visage de jeune morte ruisselant, ses yeux clos, ses lèvres bleuies par le dernier froid. Elle souriait me semble-t-il, elle inclinait la tête parfois, sa bouche paraissait dire « oui, c'est vrai, c'est cela, c'est comme le dit *la Peau*, tout s'est passé ainsi ».

La veille de la découverte du corps, donc. Vers six heures, elle me dit. Chiens et loups, l'heure des poignards et celle des baisers volés. Joséphine tire sa charrette et rentre chez elle en puisant sa chaleur dans une fiole de goutte qui ne quitte jamais la poche de son sarrau. Dans les rues, bizarrement, malgré le froid, il y a la foule éclopée des grands jours : tous sortis, les amputés, les culs-de-jatte, les gueules cassées, les sans-yeux, les trépanés, les demi-fous, à se traîner de bistro en troquet, à se vider des verres pour se remplir le cœur.

Au début, après les premiers combats, ça nous avait fait tout drôle de voir arriver ces gars qui avaient notre âge et qui revenaient le visage redessiné par les éclats d'obus, le corps haché par la mitraille. Nous, on était bien au chaud, tranquilles, à mener nos vies étroites.

Bien sûr, la guerre, on l'entendait. On l'avait vue annoncée sur les placards de la mobilisation. On la lisait dans les journaux. Mais au fond, on feintait, on s'arrangeait avec elle, comme on fait avec les mauvais rêves et les âcres souvenirs. Elle n'était pas trop de notre monde. C'était du cinématographe.

Aussi, quand le premier convoi de blessés – je parle des vrais blessés, de ceux qui n'avaient plus pour chair qu'une bouillie rougeâtre et qui étendus dans les camions sur des civières pouilleuses râlaient doucement, psalmodiaient le nom de leur mère, celui de leur épouse –, quand le premier convoi donc, est arrivé chez nous, on se l'est pris en pleine poire. Il y a eu tout soudain un grand silence, et on est tous venus les voir, ces ombres d'hommes, quand les brancardiers les ont sortis pour les enfourner dans la clinique. Deux rangées, denses et touffues, haie d'honneur, haie d'horreur, avec les femmes qui se mordaient les lèvres et pleuraient continûment, et nous autres, couillons au fond de nous, et honteux, et aussi, c'est moche mais il faut le dire, contents, d'une joie violente et malsaine, que ce soit eux et pas nous, là, allongés meurtris sur les civières.

Tout cela, c'était en septembre 14. Les premiers blessés furent pourris gâtés. Des visites à n'en plus finir, des bouteilles, des tartes, des madeleines, des liqueurs, de belles chemises en batiste, des pantalons en velours, de la cochonnaille, du vin bouché.

Et puis le temps a fait son métier. Le temps, et le nombre, car il en arrivait tous les jours, à pleine fournée. On s'est habitués. On s'est même un peu dégoûtés. Eux nous en voulaient d'être bien à l'abri, et nous on leur en a voulu de nous mettre sous le nez leurs pansements, leurs jambes en moins, leurs crânes mal refermés, leurs bouches de travers, leurs nez partis, tout ce qu'on était bien content de ne pas voir.

Il y eut alors comme deux villes, la nôtre, et la leur. Deux villes au même endroit mais qui se tournaient le dos, avaient leurs promenades, leurs cafés, leurs heures. Deux mondes. Il y eut même des insultes, des coups de gueule, des coups de poing. Seule la veuve Blachart réconciliait les deux camps, ouvrant sans compter ni trier ses cuisses aux uns et aux autres, civils et militaires, à toute heure du jour et de la nuit. La file d'attente qui allait parfois jusqu'à dix mètres devant sa maison était un terrain neutre où l'on se reparlait, se regardait, fraternisait dans l'attente du grand oubli qui se terrait dans le ventre de la veuve. Elle, elle passait toute sa journée ou presque allongée sur le grand lit, jambes écartées, avec le portrait du mari défunt croqué en marié, au-dessus d'elle, qui souriait barré d'un crêpe noir, tandis que toutes les dix minutes, un gars pressé prenait la place que le mort avait délaissée depuis trois ans, quand à l'Usine une tonne de charbon s'était déversée sur sa cafetière.

Des vieilles biques crachaient dans le dos de la veuve Blachart lorsqu'elles la croisaient dans la rue. Des noms d'oiseaux volaient aussi, « Putain, morue, pouffiasse, salope, radasse, traînée, grue, cul-rouge » et d'autres encore. Agathe – c'était son prénom – s'en fichait comme de l'an mille. D'ailleurs, après la guerre, il y en a qui ont eu des médailles et qui n'ont pas rendu service comme elle l'a fait. Il faut être juste. Donner son corps et sa chaleur, même pour quelques pièces, qui en est capable ?

En 23, Agathe Blachart a fermé ses volets, sa porte, pris une valise assez légère, n'a dit au revoir à personne, par la malle est partie à V. De là, elle est montée dans l'express pour Chalons. À Chalons, elle a changé de train pour prendre celui de Paris. Trois jours après elle était au Havre où elle embarquait à bord du *Boréal*. Deux mois plus tard, elle débarquait en Australie.

Les livres disent qu'en Australie, il y a des déserts, des kangourous, des chiens sauvages, des étendues plates et sans limites, des hommes qui paraissent vivre encore à l'âge des cavernes, et des villes neuves comme des sous sortis du moule. Je ne sais pas trop s'il faut les croire. Parfois les livres mentent. Tout ce que je sais par contre, c'est qu'en Australie, il y a depuis 1923 la veuve Blachart. Peut-être qu'elle s'est remariée là-bas. Peut-être même qu'elle a des enfants, un commerce. Peut-être que tout le monde lui dit bonjour respectueusement avec un grand sourire. Peut-être qu'en ayant mis des océans entre elle et nous, elle est parvenue à nous oublier tout à fait, à être blanche de nouveau, sans passé, sans peine, sans rien. Peut-être.

Toujours est-il que le fameux soir, tous les blessés n'étaient pas chez elle. Plein les rues, ça en débordait, et la plupart fin saouls, à emmerder les passants, à gueuler et à vomir, à se tenir en bande. Alors Joséphine, avec sa charrette, pour les éviter, elle prend les traverses, et plutôt que de descendre la rue du Pressoir, continuer sur celle des Mesiaux, longer l'église, remonter derrière la mairie et filer vers le cimetière jusqu'à sa bicoque, elle préfère prendre le long du petit canal, même si c'est peu large, même si avec la charrette, et pleine encore, elle sait qu'elle aura du mal. Même si tout ce détour rallonge d'un bon kilomètre.

Il fait froid. Le gel fait tout craquer. Joséphine a le nez qui coule et sa fiole est vide. Le ciel prend des tons gris-bleu et la première étoile y fiche un clou d'argent. La charrette écrase la croûte de neige, les peaux sont raides comme des planches. Joséphine lève une main pour se frotter le nez auquel vient un glaçon. Et c'est là, c'est là que soudain elle voit au loin, sans doute possible, à soixante mètres environ, c'est elle qui le jure, *Belle de jour* debout, arrêtée, sur la berge du petit canal, en conversation avec un homme grand qui se penche un peu vers elle, comme pour mieux la voir ou l'écouter. Et cet homme, cet homme en noir, très raide, debout dans le jour d'hiver qui s'épuise et s'apprête à tirer sa révérence, c'est le Procureur. Pierre-Ange Destinat lui-même. Craché promis, croix de bois, croix de fer, pattes de bouc et cornes de cerf. Lui. Avec la petite dans la presque nuit. Seuls. Tous les deux. Lui et elle.

Ce tableau au crépuscule, ça l'a figée net, Joséphine. Elle n'a plus avancé. Pourquoi ? Parce que. S'il fallait toujours tout expliquer de ce qu'on fait, les gestes, les pensées, les mouvements, on n'en sortirait jamais. Alors Joséphine jouant les chiens d'arrêt – quoi de bizarre ? – ce dimanche de décembre 17, la nuit venant, et cela parce qu'elle vient de voir, droit devant elle, dans le froid, le Procureur de V. qui discute avec une jeune fleur, et lui met la main sur l'épaule, oui, la main sur l'épaule, cela aussi elle le jure. « À soixante mètres, dans le sombre, une main sur l'épaule, quand on est fin saoule ! Vous vous fichez de nous ! » lui dira-t-on quand elle se fera asticoter – j'en reparlerai. Joséphine n'en démord pas. C'était lui. C'était elle. Et c'est pas cinq gorgées de goutte qui lui feraient avoir des visions !

Et après ? Cette conversation entre Destinat et la petite fleur, quoi de mal ? Il la connaissait. Elle le connaissait. Les avoir vus à cet endroit où le lendemain on la retrouvera étranglée, qu'est-ce que ça prouve ? Rien. Rien ou tout, c'est selon.

Je n'entendais plus aucun bruit dans la chambre. Peut-être Clémence s'était-elle endormie. Et le petit aussi dans son ventre, endormi lui aussi. Joséphine avait fini son histoire et me regardait. Moi je voyais la scène qu'elle venait de me dire. *Belle de jour* avait quitté la pièce, en silence, les vêtements trempés collés à son mince corps de glace. Elle m'avait souri puis avait disparu.

« Et puis ? je demande à Joséphine.

– Et puis quoi ?

– Tu es allée vers eux ?

– Pas folle... le Procureur, je préfère le voir de loin !

– Et alors ?

– Alors j'ai rebroussé chemin.

– Tu les as laissés comme ça ?

– Qu'est-ce que tu voulais que je fasse ? Que j'aille leur tenir un lampion, leur donner une chaufferette ?

– Et la petite, t'es sûre que c'était elle ?

– Ben voyons, une gamine avec un chaperon jaune d'or, ça court pas les rues, et puis je l'avais croisée tantôt, quand elle entrait chez sa tante. C'était bien elle, tu peux me croire.

– Qu'est-ce qu'elle aurait fait sur le bord du canal ?

– La même chose que moi pardi ! éviter les soudards ! deux cents mètres plus loin, elle débouchait sur la place et reprenait la malle de six heures... T'aurais pas à boire, je me dessèche à parler. »

J'ai sorti deux verres, une bouteille, du fromage, une saucisse et un oignon. On a bu et mangé en silence, sans plus rien se dire. J'ai regardé Joséphine comme pour voir au travers d'elle la peinture qu'elle m'avait faite. Elle grignotait comme une souris et buvait de grandes lampées de vin en faisant avec sa langue une musique souple et coquette. Dehors, la neige tombait dru. Elle venait contre les carreaux et paraissait écrire sur la vitre des lettres qui à peine tracées fondaient et coulaient en lignes rapides, comme des larmes sur une joue absente. Le temps tournait à la gadoue. Le gel ramassait ses oripeaux et tout se débandait. Le lendemain aurait un visage de boue et de coulure. Une mine de théâtreuse après l'orgie.

Il était tard. Dans un coin de la cuisine, j'ai préparé des couvertures et un matelas. J'avais réussi à persuader Joséphine de venir avec moi à V. pour tout dire à Mierck. On partirait à l'aube. Elle s'est endormie comme une masse, et dans le sommeil, elle a prononcé quelques mots que je n'ai pas compris. Le canon pétait de temps à autre, mais sans conviction, seulement pour rappeler qu'il était là, comme une cloche du mal.

Je n'ai pas osé rejoindre la chambre. J'avais peur de faire du bruit et de réveiller Clémence. Je me suis mis dans le fauteuil, celui que j'ai toujours, et qui parfois me fait penser à une grande main douce dans laquelle je me blottis. J'ai remué un peu dans ma tête tout ce que Joséphine m'avait dit. J'ai fermé les yeux.

À l'aube nous sommes partis. Clémence s'était levée, nous avait préparé une pleine cafetière brûlante et du vin chaud roulé dans un litron. Sur la porte, elle nous a fait un petit signe, et à moi, à moi seul, un sourire. J'ai fait quelques pas vers elle. J'avais tant envie de l'embrasser, mais je n'ai pas osé, devant Joséphine. Alors je lui ai rendu son signe. Et c'est tout.

Depuis, il n'y a pas un jour où je n'ai regretté ce baiser que je ne lui ai pas donné.

« Bonne route... », m'a-t-elle dit. Ce furent là ses derniers mots. Et ce sont mes petits trésors. Je les ai encore dans l'oreille, intacts, et je les fais jouer chaque soir. Bonne route... Je n'ai plus son visage, mais j'ai sa voix, je le jure.

XV

Il nous a fallu quatre heures pour arriver à V. Le cheval s'engluait dans la mélasse. Les ornières étaient de vrais puits. Par endroits, la neige fondante semblait déverser des barriques et la chaussée disparaissait sous l'eau courante qui allait plus loin se perdre dans les fossés. Sans compter les convois qui montaient sur la ligne de front, à pied, en carriole, en camion, et qu'il fallait laisser passer en se serrant du mieux qu'on pouvait. Les gars nous regardaient avec leurs yeux mélancoliques. Aucun ne bougeait, aucun ne parlait. C'était comme de pâles animaux habillés de bleu et qui se laissaient mener docilement vers le grand abattoir.

Croûteux, le greffier du juge Mierck, nous fit asseoir dans une antichambre tendue de soie rouge, puis nous laissa seuls. Je la connaissais bien cette pièce. J'avais déjà souvent eu l'occasion d'y ruminer sur l'existence humaine, l'ennui, le poids d'une heure, d'une minute, d'une seconde et, les yeux fermés, j'aurais pu dessiner sur un papier, sans hésiter et sans me tromper, l'emplacement de chaque meuble, la position de chaque objet, le nombre de pétales de chaque anémone séchée qui soupirait dans le vase en grès posé sur la cheminée. Joséphine somnolait, les mains sur les cuisses. Elle piquait de temps à autre de la tête, et d'un coup se relevait, brusquement, comme sous l'effet d'une décharge d'électricité.

Au bout d'une heure enfin, *Croûteux* revint nous chercher, en se grattant un peu la joue. De fines membrures de peaux mortes tombaient sur son habit noir bien lustré aux coudes et aux genoux. Sans un mot, il nous fit entrer dans le bureau du juge.

D'abord on ne vit rien, mais on entendit deux rires. L'un, épais comme un crachat, et que je connaissais. L'autre, tout nouveau pour moi mais que j'appris à connaître bien vite. Un banc de fumée puante flottait dans toute la pièce, posant un écran entre le gros juge assis à son bureau, celui qui se tenait debout près de lui, et nous autres ne sachant que faire. Puis peu à peu nos yeux s'accoutumèrent à la purée de pois et le visage du juge sortit des brumes, ainsi que celui de son compagnon. C'était Matziev. Il continuait à rire, et le juge avec lui, comme si on n'existait pas, comme si nous n'étions pas à trois pas devant eux. Le militaire tirait sur son cigare. Le juge se tenait le ventre. Puis tous deux laissèrent leurs rires mourir lentement, sans trop se presser. Il y eut le silence, qui dura aussi, et c'est seulement à ce moment que Mierck posa ses gros yeux verts, des yeux de poisson, sur nous, et le militaire fit de même, mais lui garda dans sa bouche, en même temps que son cigare, un fin sourire qui fit de nous en deux secondes des cousins de vermisseaux.

« Eh bien ? Qu'est-ce donc ? » lança le juge, d'un ton d'agacement tout en dévisageant Joséphine comme s'il avait eu devant lui une créature animale.

Mierck ne m'aimait pas et je ne l'aimais pas non plus. Nos métiers nous obligeaient à nous côtoyer souvent, mais jamais nous n'échangions un mot en l'air. Nos conversations étaient brèves, toujours dites sur un ton froid, et quand on se parlait, on se regardait à peine. Je fis les présentations et avant même que je résume ce que m'avait dit Joséphine, Mierck me coupa la parole en s'adressant à elle :

« Profession ? »

Joséphine ouvrit grand la bouche, chercha deux ou trois secondes, mais c'était déjà trop long, le juge s'impatientait :

« Est-elle idiote ou sourde ? Profession ? »

Joséphine se racla la gorge, jeta un œil vers moi, puis finit par dire :

« Récupératrice... »

Le juge regarda le militaire, ils se donnèrent un sourire, puis Mierck reprit :

« Et qu'est-ce qu'elle récupère ? »

C'était sa façon, au juge, de réduire à rien celui à qui il parlait. Il ne disait pas *tu*, ni *vous*, il disait *il* ou *elle*, comme si l'autre n'était pas là, comme s'il n'existait pas, comme si rien ne laissait supposer sa présence. Il le rayait grâce à un pronom. J'ai déjà dit qu'il savait se servir de la langue.

Je vis le visage de Joséphine devenir rouge pivoine, et dans ses yeux luire l'éclat du crime. Sûr que si elle avait eu en main une pétoire ou un couteau, Mierck passait la dernière porte, illico presto. On tue beaucoup dans une journée, sans même s'en rendre compte vraiment, en pensée et en mots. Au regard de tous ces crimes abstraits, les assassinats véritables sont bien peu nombreux, si l'on y réfléchit. Il n'y a vraiment que dans les guerres que l'équilibre se fait entre nos désirs avariés et le réel absolu.

Joséphine respira fort et se lança. Elle dit, bien et net, son besogneux commerce, dont elle n'avait pas à avoir honte. Mierck reprit la pique :

« Voyez-vous cela ! En somme, elle vit sur le dos des cadavres ! » Et il partit d'un rire faux, outré comme une enflure, et Matziev, qui tirait toujours sur son cigare comme si le sort du monde en dépendait, l'accompagna.

J'ai posé ma main sur celle de Joséphine et je me suis mis à parler. J'ai dit, simplement et dans tous les détails, ce qu'elle m'avait raconté la veille. Mierck redevenu grave m'écouta sans m'interrompre et quand j'eus fini, il se tourna vers le militaire. Ils échangèrent un regard indéfinissable, puis le juge prit son coupe-papier dans sa main droite et le fit danser un long moment sur le sous-main de son bureau. Une danse bien rapide, entre la polka et le quadrille, vive et preste comme le galop d'un étalon, qui cessa aussi subitement qu'elle avait débuté. Et là, le supplice de Joséphine commença.

Le juge et le colonel optèrent pour une offensive conjointe, sans s'être pourtant concertés. Quand on est faits de la même viande, pas besoin de longs discours pour s'entendre. Joséphine essuya les salves comme elle pouvait, maintenant sa version, me regardant parfois, et ses yeux alors semblaient me dire « Mais qu'est-ce que j'ai foutu à t'écouter, pourquoi on est là, et quand est-ce qu'ils vont me laisser en paix, ces saloperies ! ? ». Moi je ne pouvais rien pour elle. J'assistais au travail de sape, et lorsque Joséphine avoua en toute innocence s'être plusieurs fois réchauffée à sa fiole de goutte, Mierck et Matziev l'exécutèrent à petit feu, à coups de remarques aigrelettes. Quand ils cessèrent de la malmener, elle baissa la tête, poussa un long soupir et regarda ses mains gonflées par le froid et les travaux. Elle avait pris vingt ans en dix minutes.

Il y eut alors un flottement. On se serait cru après une partie de cartes. Matziev alluma un autre cigare et fit quelques pas. Mierck se repoussa en arrière sur son fauteuil, mit ses pouces dans les poches de son gilet qui recouvrait le ballon de son ventre. Je ne savais pas quoi faire. J'étais sur le point de parler quand Mierck se leva d'un bond :

« Je n'ai plus besoin de vous ! Vous pouvez disposer... Quant à elle, et là il se mit à regarder de nouveau Joséphine, elle va rester en notre compagnie le temps nécessaire à vérifier ses dires. »

Joséphine se tourna vers moi, apeurée. Mierck me montra la sortie et se leva pour venir vers la porte. Je mis la main sur l'épaule de Joséphine. Parfois on essaie des gestes là où les mots ne peuvent plus rien, mais le juge m'entraînait déjà dans l'antichambre où *Croûteux* somnolait. Il lui fit signe de déguerpir, referma les portes et s'approcha de moi comme jamais il ne l'avait fait, presque bouche à bouche, yeux dans les yeux, et il parla, à faible voix, et je voyais toutes les veines mortes de son visage, les plis, les accidents, les minuscules verrues, et je prenais de plein fouet son haleine de gras vivant, empêtrée d'oignon, de relents de vins fins, de bouquets de viandes, de café amer.

« Il ne s'est rien passé, vous m'entendez... Cette folle a rêvé... Lubie, coquecigrue, délire d'ivrogne, vision ! Rien, vous dis-je. Et bien entendu, je vous interdis d'importuner Monsieur le Procureur, je vous l'interdis ! D'ailleurs, je vous l'ai déjà signifié, l'enquête est confiée au colonel Matziev. Vous prendrez vos ordres auprès de lui. Vous pouvez aller.

– Et Joséphine Maulpas, je dis quand même.

– Trois jours en cellule lui changeront les idées. »

Il tourna les talons, rentra dans son bureau. Et moi, je restai là, planté comme un con.

« Tu parles de trois jours, reprit Joséphine, une semaine il m'a gardée le goret, pain dur et soupe de pois, et tout ça servi par une bonne sœur aussi aimable qu'un manche de pioche... La vache ! T'es sûr qu'il est bien crevé ?

– Certain.

– Tant mieux ! Si l'enfer existe, il faut bien qu'il serve ! J'espère qu'il a eu le temps de la voir sa mort, et de souffrir des heures... Et l'autre, le fumier au cigare, il est mort ?

– J'en sais rien. Peut-être. Peut-être pas. »

Nous sommes restés encore longtemps, Joséphine et moi, à faire aller entre nous les écheveaux de nos vies. À parler ainsi des moments lointains, on se donnait l'illusion que tout n'était pas joué et qu'il nous restait une place à prendre dans la grande mosaïque du hasard. Et puis, insensiblement, les mots nous ont fait rouler vers notre enfance, vers les parfums des prés dans lesquels nous avions joué à colin-maillard, les peurs communes, les chansons, l'eau des fontaines. Midi a sonné au clocher, mais on ne savait plus au juste si c'était un midi de notre jeune âge ou celui du temps présent, râpeux et déjà rouillé.

Quand Joséphine est partie, elle m'a embrassé sur les deux joues. Elle ne l'avait jamais fait auparavant. J'ai bien aimé ce baiser. C'était comme un sceau, quelque chose qui nous unissait dans une parenté de la solitude, le cousinage d'une histoire ancienne mais toujours à vif. Elle a tourné le coin de la rue. Je me suis retrouvé seul, une fois de plus. J'ai repensé à *Belle de jour.*

Chaque dimanche, la petite venait chez nous, et cela depuis qu'elle avait huit ans. Huit ans à l'époque, c'était pas comme huit ans de maintenant ! À huit ans, on savait tout faire, on avait du plomb dans la tête, et des bras solides. On était presque adulte.

Bourrache a le sens de l'argent. Je l'ai déjà dit. Pour ses filles, il avait choisi marraines et parrains en flairant l'odeur des billets. C'est pourquoi la petite au moment de son baptême s'était retrouvée portée par une vague parente, habitant notre ville, et qui au moment de l'*Affaire* allait sur ses quatre-vingts ans. Adélaïde Siffert, c'était son nom. Une grande femme, tout en nœuds, le visage coupé au couteau, des mains de boucher, des jambes de bûcheron, vieille fille et contente de l'être, mais la main sur le cœur.

Pendant quarante ans, elle avait fait les écritures à la mairie, car elle savait avec grâce manier la plume et l'encre, sans faire de fautes ni de taches. Elle avait une petite retraite qui lui permettait de vivre sans excès tout en mangeant souvent de la viande, et en buvant chaque soir son verre de porto.

Tous les dimanches donc, Bourrache envoyait la petite en visite chez sa marraine. Elle arrivait par la malle de midi, repartait par celle de six heures. Adélaïde Siffert cuisinait un rôti de porc, des haricots verts, frais en saison, en bocaux le reste de l'année, une salade et un gâteau aux pommes. Menu immuable. Je le tiens d'elle. La petite reprenait deux fois du gâteau. Je le tiens d'elle aussi. Ensuite l'après-midi se passait en travaux de couture. *Belle de jour* faisait parfois aussi un peu le ménage dans le logis. À cinq heures, elle reprenait une part de gâteau, buvait une tasse de café au lait, puis embrassait sa marraine qui lui donnait un billet. La vieille la regardait partir. Elle avait eu sa visite et la petite ses cinq francs que Bourrache lui prenait dès qu'elle rentrait. Tout le monde était content.

Quand le temps était mauvais, ou qu'il pleuvait des cordes, ou que la neige tombait trop lourdement, il arrivait que la petite reste chez sa marraine pour la nuit. Personne ne s'inquiétait dans ces cas-là, elle prenait la malle du lendemain matin, celle de huit heures.

Le soir du crime – car d'après Victor Desharet qui mit ses sales pattes dans le corps de l'enfant, lui ouvrant le ventre comme on ouvre une chemise, c'est bien le soir même que le crime fut commis – Adélaïde avait essayé de retenir la petite : il gelait déjà à pierre fendre, et quand on respirait on avait l'impression de se fissurer de l'intérieur. Mais la gamine n'avait rien voulu savoir. « J'ai pas froid, Marraine, j'ai bien chaud avec votre chaperon ! » Et ça avait flatté la vieille, la remarque, puisque le chaperon en question, jaune d'or et qui se voyait de si loin, c'était elle qui le lui avait fait, en panne de velours, fourré de lapin, et offert, pour ses sept ans. *Belle de jour* avait serré les cordons, enfilé ses moufles, et puis, coup de vent, s'était évaporée en sautillant.

Le chagrin tue. Très vite. Le sentiment de la faute aussi, chez ceux qui ont un bout de morale. Adélaïde Siffert suivit sa filleule au cimetière. Vingt-deux jours entre les deux enterrements. Pas une heure de plus. Et durant ces trois semaines, les larmes coulèrent sans s'arrêter sur le visage d'Adélaïde, je dis bien sans s'arrêter, ni le jour, je peux en témoigner, ni la nuit, je suis prêt à le jurer. Les bonnes gens partent vite. Tout le monde les aime bien, la mort aussi. Seuls les salauds ont la peau dure. Ceux-là crèvent vieux en général, et parfois même dans leur lit. Tranquilles comme Baptiste.

En sortant du bureau du juge Mierck, après y avoir laissé Joséphine, je ne me sentais pas fier. J'ai traîné un peu dans V., les mains dans les poches, m'encrottant les pantalons à cause de toute la boue qui clapotait sur les trottoirs.

La ville avait le tournis. Une ville saoule. Quantité de recrues battaient la semelle, gorgeant les rues de leur humeur bravache et de leur rigolade. Une nouvelle fournée, mais d'importance celle-là, s'apprêtait à aller tâter du Boche. Et pour le moment, ils en rigolaient tous encore. Les rues ainsi que les bistros étaient livrés aux uniformes. Une rivière, un fleuve de guêtres neuves, de boutons clinquants, d'épaulettes bien cousues. Ça chantait ici, ça hurlait là, ça sifflait les rares filles qui filaient dans les boutiques. C'était comme l'approche d'un grand rut, massif, sauvage, collectif et sanglant, une poussée de vie brute qu'on sentait bouillonner et qui s'apprêtait à jaillir.

Je me suis demandé ce que j'allais bien pouvoir faire au milieu de tous ces nigauds qui n'avaient encore rien compris et qui, pour la plupart, feraient bientôt le voyage de retour entre quatre mauvaises planches de mélèze, quand on aurait la chance de retrouver certains de leurs abattis au fond des trous d'obus ou accrochés aux barbelés.

À force d'aller sans but et de marcher comme un aveugle, je suis arrivé devant la porte du *Rébillon*. Ça m'a fait un coup. Puis j'ai pensé que je ne pouvais aller que là, qu'il fallait que j'y aille, que je pousse la porte, que je voie Bourrache, ses yeux sombres, sa haute carcasse, que je lui serre la main et que je marmonne les mots bêtes que l'on dit en ces occasions.

Jamais auparavant je n'avais vu la grande salle vide. Aucun bruit. Pas une table de mise. Pas une voix. Pas un éclat de verre contre un autre verre. Pas une fumée de pipe. Pas une odeur de cuisine. Simplement un maigre feu dans l'âtre géant. Et Bourrache devant, assis sur un tabouret de lutin, les pieds tendus vers les quelques braises, la tête penchée, penchée sur le vide. Un géant mort.

Il ne m'avait pas entendu venir. Je suis resté debout près de lui, et j'ai dit les mots. Il n'a pas bougé, n'a rien répondu. J'ai regardé le feu battre de l'aile, les belles et dernières flammes rapetisser, se tordre, lutter encore pour se tenir droites et finalement s'abattre et disparaître. J'ai vu alors le regard de Clémence, ses yeux et son sourire. J'ai vu son ventre. J'ai vu mon bonheur insolent et j'ai vu le visage de *Belle de jour*, non pas morte et trempée, mais comme je l'avais aperçue pour la dernière fois, vivante et rose et drue comme un blé vert, dans cette même salle, se couler entre les tables en portant aux buveurs des pichets de vin de Toul et de Vic.

Les flammes avaient laissé la place à d'âcres fumerolles grises qui s'échappaient de l'âtre pour giguer dans la salle et buter contre le plafond brun. Bourrache alors, avec une lenteur de bœuf épuisé, a tourné son visage vers moi, son visage sur lequel il n'y avait rien, pas une expression, puis il s'est levé, a tendu ses deux grosses mains vers mon cou, et a commencé à serrer, à serrer, serrer, de plus en plus fort, et moi, bizarrement, je n'ai pas eu peur, je l'ai laissé faire, je savais que je n'avais pas affaire à un assassin, ni même à un fou, mais tout bonnement à un père qui venait de perdre son enfant, et pour qui le monde désormais était comme un grand soleil taché de noir. Je me sentais étouffer. Tout bourdonnait en moi. Je voyais devant moi des points blancs, des éclairs, et les traits de Bourrache, écarlate, qui tremblait, tremblait et qui soudain enleva violemment ses mains de mon cou, comme s'il s'était brûlé à un fer rouge, avant de s'abattre à terre et de pleurer.

J'ai repris mon souffle. J'avais le corps en nage. J'ai soulevé Bourrache puis l'ai aidé à s'asseoir à la table la plus proche. Il se laissait faire sans opposer ni un geste ni un mot. Il sanglotait et reniflait. Je savais où étaient rangées les bouteilles de prune et de mirabelle. Je suis allé en prendre une ainsi que deux verres que j'ai rempli à ras. Je l'ai aidé à boire, puis j'ai sifflé le mien, et puis un autre. Bourrache s'en est servi trois, en automate, qu'il a lampés d'un trait. J'ai vu ses yeux revenir peu à peu dans notre monde, et me regarder avec surprise, comme en se demandant ce que je pouvais bien faire là. Un couillon de militaire a tapé au carreau tout près de nous. Hilare, il regardait la salle en s'écrasant le nez contre la vitre. Il nous a vus. Il a perdu son sourire. Il est parti. Je suis resté là-bas quatre heures. Quatre heures et deux bouteilles de gnole. Quatre heures et à peine trois mots. C'est bien le moins que je pouvais faire.

Pendant ce temps-là, Clémence commençait à gémir et à se tordre, seule. Sans moi. Sans que je le sache.

XVI

En sortant du *Rébillon*, la pluie glacée qui tombait m'a remis un peu d'équerre. Le ciel semblait en vouloir à tous les hommes. Des paquets d'eau descendaient en bande et tapaient contre les façades. Il n'y avait plus grand monde dans les rues. J'ai rasé les murs du mieux que je pouvais, faisant avec mes deux mains comme un petit parapluie. J'ai songé à Joséphine dans une cellule du dépôt, qui devait me maudire à cette heure et me traiter de tous les noms. Je crois même que j'en ai un peu souri.

Lorsque je suis parvenu à l'octroi, j'étais à tordre. J'avais froid aux pieds mais les idées de nouveau claires. La tête ne me tournait plus, malgré la goutte. La malle était là, et quantité de gens gesticulaient autour et semblaient en avoir après un capitaine du génie qui essayait d'en placer une. Je me suis approché. Le militaire tentait de raisonner tout le monde. Des gaillards commençaient à lever le poing. Les femmes, davantage résignées, attendaient plantées comme des piquets, indifférentes à la pluie. C'est alors qu'on posa la main sur mon épaule. C'était notre curé, le père Lurant :

« Impossible de rentrer... La route est réquisitionnée pour les convois. Deux régiments doivent monter au front cette nuit. Regardez-les... »

Je ne les avais pas remarqués tout d'abord. Mais dès que le curé me les désigna d'un geste de la main, je ne vis plus qu'eux : des dizaines, des centaines d'hommes, plus peut-être, qui attendaient dans le grand silence, le fusil à l'épaule et le barda dans le dos, et qui semblaient nous encercler, disparaissant presque dans la nuit qui commençait à laper le jour, debout, les yeux absents, sans un geste, sans un mot, et sur lesquels la pluie ne paraissait pas avoir de prise. On aurait cru une armée d'ombres. C'était pourtant les mêmes gars qui toute la journée avaient sillonné V., allant vers les bistros comme les bêtes vont à l'abreuvoir, hurlant des chansons, vomissant des horreurs, se déboutonnant dans les bordels, titubant le litre à la main, et se tenant par les coudes. Plus aucun ne riait désormais. Tous avaient pris la rigidité des statues, leur couleur de fonte aussi. On ne pouvait apercevoir leurs yeux qui semblaient alors n'être plus que deux trous noirs et sans fin ouverts sur l'envers du monde.

« Venez, me dit le curé, ça ne sert à rien de rester là. » Je le suivis un peu comme un automate, tandis que le capitaine essayait toujours d'apaiser le courroux de ceux qui ce soir ne pourraient pas rentrer se mettre le ventre au chaud dans leur gros lit.

Ce n'était pas la première fois que l'état-major réquisitionnait la route. Il faut dire qu'elle était bien étroite, et en piteux état, à force depuis trois ans d'être défoncée par les camions et les sabots de milliers de canassons. Aussi, lorsqu'une offensive se préparait, la route était-elle interdite et réservée aux seuls convois qui parfois durant tout le jour et toute la nuit, sans interruption, sans arrêt, menaient leur procession de tristes fourmis cahotantes allant d'un train lent vers les restes éventrés de leur fourmilière de terre et de métal.

Le père Lurant m'entraîna vers l'évêché. Un concierge nous fit entrer. Il avait un visage jaune et des cheveux qui ressemblaient à de la fourrure. Le curé lui expliqua la situation, et sans mot dire, le concierge nous mena, à travers un dédale de couloirs et d'escaliers où flottait une odeur de cire et de savon noir, vers une grande chambre dans laquelle deux maigres lits de fer tenaient conversation.

Lorsque j'ai vu les petits lits, j'ai pensé au nôtre si grand et si profond. J'aurais voulu être auprès de Clémence, dans ses bras, en y cherchant cette douceur que je savais y trouver toujours. J'ai demandé à la prévenir, ce que je faisais de coutume lorsqu'il m'arrivait de ne pas rentrer. Je téléphonais alors chez le maire qui envoyait pour l'avertir sa bonne, Louisette. Mais le concierge me dit que ce n'était pas la peine d'essayer car, comme la route, les lignes téléphoniques elles aussi étaient réquisitionnées pour une durée indéterminée. Je me souviens que cela me fit mal au cœur. J'aurais aimé que Clémence sache, qu'elle ne s'inquiète pas. J'aurais aimé aussi qu'elle sache que je pensais à elle et à l'enfant.

Le curé se déshabilla, sans façon. Il ôta sa pèlerine, puis sa soutane et se retrouva en caleçon et en maillot, devant moi, son ventre tendu en avant comme un coing gigantesque maintenu par une bande de flanelle qu'il déroula. Il disposa ensuite ses vêtements humides près du poêle, et vint lui aussi s'y réchauffer et s'y sécher en se frottant les mains au-dessus du couvercle. Ainsi, tout nu ou presque, sans ses habits, il me parut bien plus jeune que je ne pensais. C'était sans doute un gars de mon âge, et c'était comme si je le voyais pour la première fois. Il dut se douter de tout ce que je pensais. Un curé, c'est très malin, ça sait parfaitement rentrer dans les têtes et voir ce qui s'y passe. Il me regarda en souriant. Sous l'effet de la chaleur, sa pèlerine fumait comme une locomotive et de la soutane s'élevait un brouillard aux senteurs d'humus et de laine brûlée.

Le concierge revint avec deux assiettes de soupe, un grand pain bis, un morceau de fromage dur comme un billot de chêne et une cruche de vin. Il laissa le tout sur une petite table et nous souhaita bonne nuit. Je me déshabillai et approchai aussi mes vêtements du feu. Odeurs de bois, mélange de suint et de calcination, petites fumées, tout comme pour le curé.

On mangea sérieusement sans se soucier des bonnes manières. Le père Lurant avait de grosses mains, sans poils, dodues avec une peau délicate et des ongles sans ébréchures. Il mâchait longtemps tout ce qu'il enfournait dans sa bouche, buvait le vin les yeux fermés. On termina tout. Pas de miettes ni de croûte, assiettes briquées. Table propre. Ventres pleins. Puis on parla, longtemps, comme jamais on n'avait fait. On parla de fleurs, c'était sa passion, « la plus belle preuve, s'il en fallait une, de l'existence de Dieu », disait-il. Parler de fleurs, dans cette chambre, alors qu'autour de nous, c'était la nuit et la guerre, alors qu'autour de nous, quelque part, il y avait un assassin qui avait étranglé une fillette de dix ans, alors que loin de moi, Clémence perdait son sang dans notre lit, et hurlait, criait, sans que personne ne l'entende ni ne vienne à elle.

Je ne savais pas qu'on pouvait parler des fleurs. Je veux dire, je ne savais pas qu'on pouvait parler des hommes rien qu'en parlant de fleurs, sans jamais prononcer les mots d'homme, de destin, de mort, de fin et de perte. Je l'ai su ce soir-là. Le curé lui aussi avait la science des mots. Comme Mierck. Comme Destinat. Mais lui, il en faisait de belles choses. Il les roulait avec sa langue et son sourire, et tout soudain, un rien paraissait une merveille. On doit leur apprendre cela dans les séminaires : frapper les imaginations avec quelques phrases bien tournées. Il m'expliqua son jardin, qu'on ne voyait jamais à cause des hauts murs qui l'entouraient derrière le presbytère. Il me dit les anthémis, les hellébores, les pétunias, les œillets de poète, les œillets mignardises, les anémones crochues, les sedums, les corbeilles d'argent, les pivoines crételées, les opales de Syrie, les daturas, les fleurs qui ne vivent qu'une saison, celles qui reviennent d'année en année, celles qui ne s'ouvrent que le soir et s'évanouissent au matin, celles qui resplendissent de l'aube au crépuscule, épanouissant leurs corolles fines de liseron rose ou parme, et qui la nuit venue se ferment brutalement, comme si une main violente avait serré leurs pétales de velours, à les étouffer.

Le curé avait parlé de ces fleurs-là sur un autre ton que les autres. Plus un ton de curé. Plus un ton d'horticulteur. Un ton d'homme plein de misère et de blessures. Je l'ai arrêté d'un geste quand il s'apprêtait à dire à haute voix, dans la chambre obscure, le nom de cette fleur. Je ne voulais pas entendre ce nom. Je le savais trop. Il tapait dans ma tête depuis deux jours, et tapait, et tapait. Le visage de la petite est revenu à moi, comme une gifle. Le curé s'est tu. Au-dehors, la pluie s'était de nouveau changée en neige, et les flocons venaient en masse contre la vitre. On aurait dit des lucioles de glace, sans vie et sans lumière, mais qui parvenaient, le temps de deux ou trois secondes, à donner l'illusion de la vie et de la lumière.

Par la suite, pendant des années, j'ai essayé de faire fleurir des belles-de-jour dans notre petit jardin. Je n'y suis jamais parvenu. Les graines restaient dans la terre, y pourrissaient avec obstination, refusaient de monter vers le ciel, de sortir de la sombre masse humide et collante. Seuls les chiendents et les chardons prospéraient, envahissant tout, s'élançant à des hauteurs invraisemblables, noyant de leurs corolles dangereuses les quelques mètres carrés. J'ai fini par les laisser gagner.

J'ai souvent repensé à la phrase du curé, sur les fleurs, Dieu, et la preuve. Et je me suis dit qu'il y avait sans doute des lieux dans le monde où Dieu ne mettait jamais les pieds.

Le père Lurant est parti évangéliser les tribus de l'Annam, dans les montagnes de l'Indochine. C'était en 25. Il est venu m'en avertir. Je ne sais pas pourquoi d'ailleurs il avait tenu à cette visite. Peut-être parce qu'un jour, on avait parlé tous les deux, longtemps et en caleçon, et partagé la même chambre et le même vin. Moi, je ne lui ai pas posé de question, sur le pourquoi il partait, comme ça, alors qu'il n'était tout de même plus tout jeune. J'ai simplement demandé :

« Et vos fleurs ? »

Il m'a regardé en souriant, avec toujours ce regard de curé que je disais tout à l'heure, qui va tout au fond de nous et nous tire l'âme comme on tire avec une fourchette à deux dents l'escargot cuit de sa coquille. Puis il m'a dit que là où il allait, des fleurs, il y en avait des milliers, et des milliers qu'il ne connaissait pas, qu'il n'avait jamais vues, ou alors, pour certaines, seulement dans les livres, et qu'on ne pouvait pas toujours vivre dans les livres, que la vie et ses beautés, il fallait bien un jour les prendre à pleines mains.

J'ai failli lui dire que pour moi, c'était plutôt le contraire, que la vie, j'en soupais tous les jours, et s'il y avait eu des livres qui auraient pu m'en consoler, je me serais jeté dedans. Mais quand on est si loin l'un de l'autre, rien ne sert de parler. Je me suis tu. Et nous nous sommes serré la main.

Par la suite, je ne peux pas dire que j'ai pensé à lui souvent. Mais parfois, cela m'est arrivé. Edmond Gachentard, mon vieux collègue, m'avait en plus de sa carabine donné quelques images de ces pays jaunes. Je ne parle pas d'images sur du papier, je parle de celles qui viennent dans la tête et y demeurent.

Gachentard avait fait partie dans sa jeunesse du corps expéditionnaire envoyé au Tonkin. Il en avait rapporté une fièvre qui le faisait soudain devenir blanc de poireau et trembler comme une feuille, un bocal de café vert qu'il gardait chez lui, comme une relique, sur la table de la salle à manger, une photographie où on le voyait en uniforme devant des rizières, et surtout, une lenteur dans les yeux, une sorte d'absence qui le prenait quand il songeait à ces pays, à tout ce qu'il m'en avait dit, les nuits aux mélodies de grenouilles et de crapauds-buffles, la chaleur poissant le corps, le grand fleuve boueux emportant aussi bien les arbres, les cadavres des chèvres, les nymphéas et les liserons d'eau arrachés aux rivages. Quelquefois même, Gachentard me mimait les danses des femmes, leurs gracieux mouvements de main, doigts courbés, les roulades de leurs yeux, et les musiques de flûtes aussi qu'il recomposait en sifflant tout en faisant semblant de jouer sur le manche scié d'un balai.

Le curé, je le voyais parfois dans ce décor, les bras chargés de fleurs inconnues, avec un chapeau colonial et une soutane claire dont le bas s'ourlait d'un feston de boue sèche, occupé à regarder la pluie chaude tomber sur les forêts luisantes. Je le voyais sourire. Toujours sourire. Je ne sais pas pourquoi.

Lorsque je me suis réveillé dans la chambre de l'évêché, j'ai pensé à Clémence. Il me fallait revenir chez nous, coûte que coûte, partir sur-le-champ, contourner la route si elle était toujours interdite, prendre des détours, qu'importe, mais revenir à elle. Très vite. Je ne peux pas dire que c'était un pressentiment. Je n'étais pas inquiet. Non. Mais j'avais simplement envie de sa peau et de ses yeux, de ses baisers, envie d'être contre elle pour oublier un peu cette mort à l'œuvre partout.

J'ai repris mes habits pas vraiment secs. Je me suis frotté le visage avec de l'eau. Le père Lurant dormait encore, et ronflait comme un haut-fer. Visage large. Épanoui. Je me suis dit que même dans le sommeil, il devait trouver autour de lui des brassées de fleurs. Le ventre vide, je suis parti.

Berthe est dans la cuisine. Je ne la vois pas mais je la sens qui souffle et secoue la tête, de droite et de gauche. Dès qu'elle voit les cahiers, elle souffle. Qu'est-ce que ça peut lui faire si je passe mes journées à les remplir ? Ce doit être les signes qui lui font peur. Elle n'a jamais su lire. Pour elle, ces mots alignés, c'est le grand mystère. Envie et peur.

J'en arrive au point que je guette depuis des mois. Comme une épouvantable ligne d'horizon, une colline défigurée et derrière le visage hideux de laquelle on ne sait pas ce qui se cache.

J'en arrive à ce matin sordide. À cet arrêt de toutes les pendules. À cette chute infinie. À la mort des étoiles.

En définitive, Berthe n'a pas tort. Les mots font peur. Même à ceux qui les connaissent et les déchiffrent. Je suis là, et je n'y parviens pas. Je ne sais pas comment dire. Mes doigts tremblent autour de la plume. Mes tripes se nouent. Mes yeux me piquent. J'ai plus de cinquante ans mais je me sens comme un gamin empli de terreur. Je bois un verre de vin. Puis un autre, cul sec. Un troisième. Les mots, les mots peut-être sortiront-ils de la bouteille. Je la siffle au goulot. Clémence vient près de moi. Elle se penche par-dessus mon épaule. Je sens le souffle de son haleine toujours jeune sur ma nuque aux poils gris.

« Boire autant le matin, si c'est pas une honte... Vous allez finir saoul à midi ! »

C'est Berthe. Je l'engueule. Lui dit de me fiche le camp. Qu'elle se mêle de ses oignons. Elle hausse les épaules. Me laisse seul. Je respire un bon coup. Je reprends la plume.

Mon cœur a battu fort en voyant la maison. Elle était entièrement sous la neige, brillante sous le soleil clair qui fanfaronnait dans le ciel. De fins cierges de glace unissaient le bord du toit à la terre blanche. Soudain, je n'avais plus froid, plus faim, j'avais oublié la marche forcée que je m'étais imposée quatre heures durant, sur la route où ne cessait pas l'interminable farandole de soldats, de charrettes, de voitures et de camions. J'avais doublé des gars par centaines, qui allaient d'un pas grave, et me jetaient des regards mauvais, moi tout de civil vêtu, et qui paraissais si pressé de courir vers là où eux-mêmes rechignaient à aller.

Puis, enfin, la maison donc. Notre maison. J'ai tapé mes godillots contre le mur, moins pour chasser la neige que pour faire du bruit, un bruit familier qui allait dire que j'étais là, de l'autre côté du mur, à deux pas, à quelques secondes. Je souriais d'imaginer Clémence m'imaginer. J'ai pris la clenche dans ma main, j'ai poussé la porte. J'avais mon bonheur sur le visage. Il n'y avait plus la guerre. Il n'y avait plus de fantôme, plus d'enfant assassinée. Il y avait mon amour que j'allais retrouver, et prendre dans mes bras, avant de faire glisser mes deux mains sur son ventre et sentir sous la peau l'enfant à venir.

Et je suis entré.

C'est curieux, la vie. Ça ne prévient pas. Tout s'y mélange sans qu'on puisse y faire le tri et les moments de sang succèdent aux moments de grâce, comme ça. On dirait que l'homme est un de ces petits cailloux posés sur les routes, qui reste des jours entiers à la même place, et que le coup de pied d'un trimardeur parfois bouscule et lance dans les airs, sans raison. Et qu'est-ce que peut un caillou ?

Il y avait un étrange silence dans la maison, qui m'a fait perdre mon sourire. L'impression aussi qu'elle avait été inhabitée pendant des semaines. Les choses étaient à leur place, comme à l'ordinaire, mais davantage pesantes et froides. Et surtout, il y avait ce grand silence, qui emplissait les murs presque à les faire se fendre, un silence dans lequel ma voix s'est noyée quand j'ai appelé. Tout soudain, j'ai senti mon cœur s'emporter. En haut de l'escalier, la porte de la chambre était à demi ouverte. J'ai fait deux pas. J'ai cru que je ne pourrais pas en faire plus.

Je ne sais plus très bien l'ordre, ni le temps, ni tous mes gestes. Clémence était sur le lit, le front pâle et les lèvres plus pâles encore. Elle avait perdu beaucoup de sang et ses mains serraient son ventre comme si elle avait essayé elle-même de livrer au jour ce qu'elle avait porté pendant des mois. Le plus grand désordre régnait autour d'elle, qui me faisait comprendre ce qu'elle avait tenté de faire, ses chutes, ses efforts. Elle n'était pas parvenue à ouvrir la fenêtre pour appeler à l'aide. Elle n'avait pas osé descendre l'escalier de peur sans doute de tomber et de perdre l'enfant. Elle avait fini par s'étendre sur le lit, dans ce lit de bataille et de blessures. Elle respirait avec une lenteur effroyable et ses joues étaient à peine tièdes. Son teint était celui de celles et ceux que la vie abandonne. J'ai posé mes lèvres sur les siennes, j'ai dit son nom, je l'ai hurlé, j'ai pris son visage dans mes mains, j'ai giflé ses joues, j'ai soufflé de l'air dans sa bouche. Je ne pensais même pas à l'enfant. Je ne pensais qu'à elle. J'ai essayé aussi d'ouvrir la fenêtre mais la poignée m'est restée dans la main, alors j'ai tapé du poing sur le carreau qui s'est brisé, je me suis entaillé, j'ai mêlé mon sang au sien, j'ai gueulé, gueulé à la rue, fort comme un chien, avec une colère de bête que l'on maltraite. Des portes se sont ouvertes, des fenêtres. Je suis tombé à terre. Je suis tombé. Je tombe encore. Je ne vis plus que dans cette chute. Toujours.

XVII

Hippolyte Lucy est près de Clémence, penché sur elle, avec son visage tendu et tous ses instruments. On m'a fait asseoir sur une chaise. Je regarde sans comprendre. Il y a beaucoup de monde dans la chambre. Des voisines, des vieilles, des jeunes, et qui parlent bas comme si c'était déjà veillée mortuaire. Où elles étaient toutes ces salopes quand Clémence gémissait, quand elle essayait d'appeler à l'aide ? Hein ?! Où étaient-elles ces femelles qui viennent maintenant bouffer du malheur sous mon nez, à mes frais ? Je me lève, les poings durs, je dois avoir une tête de fou, d'assassin, de dément. Je les vois reculer. Je les fous dehors. Je ferme la porte. Nous ne sommes plus que tous les trois, Clémence, le docteur, moi.

Hippolyte Lucy, j'ai déjà dit que c'était un bon docteur. Un bon docteur et un homme bon. Je ne voyais pas ce qu'il faisait mais je savais qu'il faisait bien. Il m'a dit des mots, *hémorragie, coma.* Il m'a demandé de nous dépêcher. J'ai soulevé Clémence. Elle pesait une plume. On aurait dit qu'il n'y avait plus que le ventre qui vivait, que la vie s'y était réfugiée dans ce ventre trop gros, dévorant, affamé.

Je l'ai tenue serrée contre moi dans la voiture tandis que le docteur claquait son fouet sur le cul de ses deux ganaches. Nous sommes arrivés à la clinique. On m'a séparé d'elle. Deux infirmières l'ont emmenée sur un chariot roulant. Clémence est partie dans des odeurs d'éther, des froissements de drap blanc. On m'a dit d'attendre.

Je suis resté des heures, assis dans une salle, au côté d'un soldat qui avait perdu son bras gauche. Je me souviens qu'il disait être bien content d'avoir perdu un bras, en plus le bras gauche, une vraie chance pour lui qui était droitier. Dans six jours il était chez lui, et pour toujours. Loin de cette guerre de cocus, comme il disait. Un bras perdu, des années de gagnées. Des années de vie. Voilà ce qu'il répétait sans cesse, en montrant son bras absent. Il lui avait même donné un nom à son bras absent : *Gugusse*. Et il lui parlait sans cesse à *Gugusse*, le prenant à témoin, l'apostrophant, le taquinant. Ça ne tient pas à grand-chose le bonheur. Parfois ça tient à un fil, parfois à un bras. La guerre, c'est le monde cul par-dessus tête : elle parvient à faire d'un amputé le plus heureux des hommes. Il s'appelait Léon Castrie, ce soldat. Il venait du Morvan. Il m'a fait fumer quantité de cigarettes. Il m'a saoulé de paroles, et j'en avais bien besoin. Il ne m'a posé aucune question. Il ne me demandait même pas de faire la conversation. Il la faisait tout seul avec son bras perdu. Au moment où il s'est résolu à me quitter, en se levant il m'a dit « Faut qu'on y aille, *Gugusse* et moi ! ». C'était l'heure de la soupe. Castrie. Léon Castrie, trente et un ans, caporal au 127e, Morvandiau, célibataire, paysan. Qui aimait la vie et la soupe aux choux. Voilà ce que j'ai retenu.

Je n'ai pas voulu rentrer à la maison. Je voulais être là, même si cela ne servait à rien. Une infirmière est venue. C'était le soir déjà. Elle m'a dit que l'enfant était sauvé, que je pouvais le voir si je voulais, que je n'avais qu'à la suivre. J'ai dit non de la tête. J'ai dit que c'était Clémence que je voulais voir. J'ai demandé des nouvelles. L'infirmière m'a dit qu'il fallait attendre encore, qu'elle allait demander au médecin. Elle est repartie.

Plus tard, un médecin est venu, un militaire, harassé, crevé, au bout de lui-même. Il était déguisé en boucher, en tueur de bœufs, tablier barbouillé de sang, calot idem. Depuis des jours il opérait sans cesse, créant des *Gugusse* à la chaîne, faisant des heureux parfois, des morts souvent, des meurtris toujours. Une jeune femme pour lui, c'était comme une erreur au milieu de toute cette viande mâle. Il me reparla du bébé, si gros, si gros qu'il n'avait pu sortir tout seul. Il me dit qu'il était sauvé. Puis lui aussi me donna une cigarette. Mauvais signe, je les connaissais trop ces cigarettes-là, pour en donner parfois moi-même à des gars dont je savais qu'ils n'en avaient plus pour longtemps, à vivre ou à être libres. Nous fumâmes sans rien nous dire. Et, tandis qu'il soufflait la fumée, fuyant mes yeux, il murmura « Elle a perdu trop de sang... ». Sa phrase resta en l'air comme la fumée de nos cigarettes. Elle ne retomba pas, ne s'arrêta pas. Et le sang qu'il portait sur lui comme s'il en avait été aspergé à pleins seaux devint celui de Clémence. Et ce pauvre type aux cernes sous les yeux, à la barbe de trois jours, qui s'emberlificotait dans ses phrases, ce gars à bout de forces qui avait tout fait pour la faire revenir du côté de la vie, j'eus soudain envie de le tuer. Et jamais j'en suis certain je n'eus autant le désir de tuer quelqu'un, de mes mains. Tuer avec rage et violence, avec sauvagerie. Tuer.

« Il faut que j'y retourne... », m'a-t-il dit, en jetant son mégot par terre. Puis il a posé sa main sur mon bras alors que j'étais encore tout secoué de mes idées de meurtre. « Vous pouvez aller la voir », qu'il a continué. Il est parti, avec une lenteur fatiguée.

Ce n'est pas parce que certains souffrent que le monde s'arrête de tourner. Et les salauds d'être des salauds. Il n'y a pas de hasard, peut-être. Je me le suis souvent dit. On est très égoïste dans ses drames propres. Oubliés, *Belle de jour*, Destinat, Joséphine dans son cachot, Mierck et Matziev. Au moment où j'aurais dû être là, je n'y étais pas et les deux ordures en profitèrent pour faire leur cuisine, tranquillement, à croire qu'ils avaient commandé la mort de Clémence pour se débarrasser de moi et avoir les coudées franches. Ce qu'ils firent. Sans vergogne.

Un crime comme l'*Affaire*, vous pensez si ça secoue une région. C'est comme une onde : la nouvelle cavalcade et fait trembler tout sur son passage. Les gens, ça leur fait horreur et en même temps ça les fait causer. Autant dire que ça leur occupe et la tête et la langue. Pour autant, savoir qu'un assassin vadrouille dans la campagne, qu'il est là, tout près de vous, que vous l'avez peut-être croisé, que vous allez peut-être le faire, qu'il s'agit peut-être de votre voisin, ce n'est bon pour personne. Qui plus est en temps de guerre, où plus encore qu'en un autre temps, on a besoin d'une bonne paix civile à l'arrière, sinon, tout est fichu.

Il n'y a pas trente-six façons de résoudre un assassinat. Je n'en connais que deux : soit on arrête le coupable, soit on arrête quelqu'un qu'on dit être le coupable. L'une ou l'autre. Et le tour est joué. C'est pas plus compliqué que cela ! Dans les deux cas le résultat est le même pour la population. Le seul qui perd au change, c'est celui qui est arrêté, mais finalement, son avis, qui s'en soucie ? Si les crimes continuent, là c'est une autre paire de manches. Oui, c'est vrai. Mais en l'occurrence, ils n'ont pas continué. La petite *Belle de jour* est restée la seule fillette à avoir été étranglée. Il n'y en a pas eu d'autres. Preuve pour ceux qui voulaient en brandir une que celui qu'on avait arrêté était bien le coupable. Allons-y. Affaire classée. Passez muscade !

Tout ce que je vais dire maintenant, je ne l'ai pas vu de mes yeux mais cela ne change rien. J'ai pris des années à rassembler les fils, à retrouver les mots, les parcours, les questions, les réponses. C'est comme la vérité. Il n'y a pas d'invention. D'ailleurs, pourquoi j'inventerais ?

XVIII

Au matin du 3, alors que je pataugeais sur la route pour revenir chez nous, les gendarmes arrêtent deux jeunes gars, à demi morts de faim et de froid. Deux déserteurs. Du 59e d'infanterie. Ce n'était pas les premiers que la maréchaussée récupérait dans sa nasse. Depuis quelques mois, c'était le début de la débandade. Il en filait ainsi du front chaque jour, et qui allaient se perdre dans la campagne, préférant parfois crever tout seuls dans les fourrés et les boqueteaux plutôt que d'être hachés par les obus. Disons que ces deux-là tombaient bien. Pour tout le monde : pour l'armée qui voulait faire un exemple, et pour le juge qui cherchait un coupable.

On promène les deux mômes dans les rues. Avec deux pandores qui fanfaronnent. Les gens sortent pour les voir. Deux gusses, deux gendarmes. Deux loqueteux, hirsutes, l'uniforme en quenouille, les visages pas rasés, des yeux qui tournent dans tous les sens, le ventre creux, le pas faible, tenus d'une poigne ferme par deux gendarmes, des vrais, grands, forts et roses, les bottes cirées, le pantalon repassé, l'air des vainqueurs.

La foule grossit et, on ne sait pas pourquoi, peut-être parce que c'est toujours très bête une foule, elle se fait menaçante, serre de plus en plus les prisonniers. Des poings se brandissent, des insultes volent, des cailloux aussi. Une foule, c'est quoi ? c'est rien, des pécores inoffensives si on leur cause yeux dans les yeux. Mais mis ensemble, presque collés les uns aux autres, dans l'odeur des corps, de la transpiration, des haleines, la contemplation des visages, à l'affût du moindre mot, juste ou pas, ça devient de la dynamite, une machine infernale, une soupière à vapeur prête à péter à la gueule si jamais on la touche.

Les gendarmes sentent le vent. Ils accélèrent le pas. Les déserteurs cavalent aussi. Tous les quatre se réfugient dans la mairie, où le maire a tôt fait de les rejoindre. S'ensuit un moment de calme. Une mairie, c'est presque comme une maison. Mais une maison avec le drapeau bleu blanc rouge toujours planté sur sa façade, et la belle devise pour naïf de première, « *Liberté, égalité, fraternité* », joliment sculptée dans la pierre, ça refroidit les assaillants d'opérette. Tout le monde s'arrête. Se tait. Attend. Plus un bruit. Et au bout d'un moment, le maire sort. Il se racle la gorge. On voit que la peur lui travaille les intestins. Il fait froid mais il s'éponge le front, puis il se met à parler, brusquement.

« Rentrez chez vous ! qu'il dit.

– On les veut, répond une voix.

– Mais qui ? reprend le maire.

– Les assassins ! lance une voix, pas la même que la première, aussitôt reprise sur un air de menace par des dizaines d'autres voix, comme dans un écho malfaisant.

– Quels assassins ? dit le maire.

– Les assassins de la petite ! » on lui dit.

Le maire ouvre la bouche en grand, sous l'effet de la surprise, puis il se ressaisit, et il gueule. Il leur dit qu'ils sont tombés sur la tête, que c'est n'importe quoi, des mensonges, des élucubrations, que ces deux types, ce sont des déserteurs, et que les gendarmes vont les rendre à l'armée, et que l'armée, elle, elle saura quoi en faire.

« C'est eux, on les veut ! reprend un crétin.

– Eh ben, vous ne les aurez pas, répond le maire, furieux et buté désormais. Et vous savez pourquoi vous les aurez pas, parce que le juge est prévenu, et qu'il est en route, et qu'il arrive ! »

Il y a des mots magiques. *Juge*, c'est un mot magique. Comme *Dieu*, comme *mort*, comme *enfant*, et quelques autres encore. Ce sont des mots qui forcent le respect, quoi qu'on en pense. En plus, *juge*, ça donne froid dans le dos, même quand on n'a rien à se reprocher et qu'on est blanc comme une colombe. Les gens, ils savaient bien que le juge, c'était Mierck. Le coup des *petits mondes* avait fait son chemin – se régaler d'œufs mollets à côté d'un cadavre ! –, et aussi le mépris qu'il avait eu pour la petite, pas un mot, pas un apitoiement. N'empêche, même si on le détestait, pour tous ces abrutis, il restait le juge : celui qui peut d'une petite signature vous envoyer réfléchir entre quatre murs. Celui qui fricote avec le bourreau. Une sorte de croque-mitaine pour adultes.

Les gens se regardèrent. La foule commença à s'effilocher, lentement, puis très vite, comme prise d'une colique soudaine. Ne restèrent qu'une dizaine d'individus, plantés sur les pavés, pareils à des poteaux. Le maire leur tourna le dos, et rentra.

La bonne idée avait été d'agiter comme un épouvantail le nom du juge. Une idée presque de génie qui avait sans doute évité un lynchage. Restait au maire à avertir vraiment le juge, ce qu'il n'avait évidemment pas fait.

Mierck arriva en compagnie de Matziev en début d'après-midi. Il paraît qu'ils se parlaient déjà comme des connaissances de trente ans, ce qui ne m'étonne pas car je les avais vus avant, et je les revis après. J'ai déjà dit je crois que ces deux-là étaient faits du même bois pourri. Tous deux se transportèrent à la mairie qui fut transformée en camp retranché grâce à l'appui d'une dizaine de gendarmes venus tout exprès. Le premier ordre du juge fut de demander qu'on amène devant la cheminée du bureau du maire deux bons fauteuils, du vin et de quoi l'accompagner, comprenez victuailles, fromages et pain blanc. Le maire envoya Louisette chercher ce qu'elle trouverait de meilleur.

Matziev sortit un de ses cigares. Mierck regarda sa montre et sifflota. Le maire resta debout, sans trop savoir quoi faire. Le juge lui fit un signe de la tête qu'il comprit comme étant l'ordre d'aller chercher les deux soldats et leurs gardiens. Ce qu'il fit.

Les pauvres types entrèrent dans la pièce où le bon feu leur redonna des couleurs. Le colonel dit aux gendarmes d'aller voir dehors s'il y était, ce qui fit rire Mierck. Les deux complices contemplèrent les pauvres gosses, longtemps. Je parle de gosses, parce qu'à peu d'années près, c'en étaient. L'un, Maurice Rifolon, vingt-deux ans, né à Melun, résidant à Paris, 15 rue des Amandiers, dans le 20e arrondissement, ouvrier typographe. L'autre, Yann Le Floc, vingt ans, né à Plouzagen, village breton qu'il n'avait jamais quitté avant la guerre, garçon de ferme.

« Ce qui frappait, me dit le maire, plus tard, bien plus tard, c'est leurs différences. Le petit

Breton baissait la tête. On voyait bien que la trouille l'habitait en entier. Tandis que l'autre, l'ouvrier, il la relevait et nous regardait droit dans les yeux, pas avec un sourire mais presque. À croire qu'il se foutait de nous, ou se foutait de tout. »

C'est le colonel qui commença la première salve :

« Vous savez pourquoi vous êtes ici ! » qu'il leur demande.

Rifolon le toise, ne répond pas. Le petit Breton lève un peu la tête, bredouille :

« Parce qu'on est partis, mon colonel, parce qu'on s'est sauvés... »

Alors là Mierck rentre dans le jeu :

« Parce que vous avez tué. »

Le petit Breton écarquille les yeux. Par contre, l'autre, Rifolon lance, l'air de rien :

« Bien sûr qu'on a tué, on est même venu nous chercher pour ça, pour tuer ceux d'en face qui nous ressemblent comme des frères, pour les tuer et pour qu'ils nous tuent, c'est des gens comme vous qui nous ont dit de le faire... »

Le petit Breton panique :

« Je sais pas bien moi si j'en ai tue, peut-être pas, peut-être que je les ai ratés, on n'y voit pas bien, et je sais pas tirer, même que mon caporal, il se fout de moi, "Le Floc, qu'il me dit, t'aurais même pas une vache dans un couloir !", alors, c'est pas sûr, j'en ai peut-être pas tué ! »

Le colonel s'approche d'eux. Il tire une grande bouffée de son cigare. Il leur envoie la fumée dans les naseaux. Le petit tousse. L'autre ne moufte pas.

« C'est une fillette que vous avez tuée, une fillette de dix ans... »

Le petit bondit.

« Quoi ? quoi ? quoi ? » Il paraît qu'il l'a répété au moins vingt fois, en faisant des bonds sur place, en se tortillant comme s'il avait le feu. Quant au typographe, il gardait toujours son calme et son fin sourire. C'est à lui que le juge s'adressa alors :

« Vous ne semblez pas surpris ? »

L'autre prit un temps pour répondre, regarda Mierck des pieds à la tête, et le colonel, et le maire me dit : « On aurait cru qu'il les soupesait des yeux, et que ça l'amusait ! ». Enfin il répond.

« Rien ne me surprend plus. Si vous aviez vu ce que j'ai vu, depuis des mois, vous sauriez que tout peut exister. » Joli comme phrase, non ? Et pan dans le nez du juge, qui commence à se cramoisir.

« Vous niez ? qu'il vocifère.

– J'avoue, répond tranquillement l'autre.

– Quoi ? hurle le petit en agrippant le col de son copain. T'es devenu fou, qu'est-ce que tu racontes, ne l'écoutez pas, moi je le connais pas, on est ensemble que depuis hier soir ! Je sais pas ce qu'il a fait moi, salaud, salaud, pourquoi tu fais ça, dis-leur, mais dis-leur ! »

Mierck le fait taire en le repoussant dans un coin du bureau, d'un air de dire, « Toi, on verra plus tard », et il revient à l'autre.

« Tu avoues ?

– Tout ce que vous voulez..., dit l'autre toujours paisible.

– Pour la petite ?

– Je l'ai tuée. C'est moi. Je l'ai vue. Je l'ai suivie. Je lui ai donné trois coups de couteau dans le dos.

– Non, tu l'as étranglée.

– Oui, c'est vrai, je l'ai étranglée, avec ces mains-là, vous avez raison, je n'avais pas de couteau.

– Sur la berge du petit canal.

– Exactement.

– Et tu l'as mise dans l'eau.

– Oui.

– Pourquoi tu as fait ça ?

– Parce que j'en avais envie...

– De la violer ?

– Oui.

– Mais elle ne l'a pas été.

– Pas eu le temps. Il y a eu du bruit. Je suis parti en courant. »

Les répliques coulent comme au théâtre, c'est le maire qui le dit. L'ouvrier est bien droit, parle bien net. Le juge boit du petit-lait. On croirait que la scène a été répétée et millimétrée. Le petit Breton pleure, le visage plein de morve, en secouant les épaules et en tournant la tête de droite et de gauche, sans cesse. Matziev s'enveloppe dans la fumée de son cigare.

Le juge parle au maire :

« Vous êtes témoin des aveux ? »

Le maire n'est pas témoin, il est sur les fesses. Il se rend compte que l'ouvrier se fout du juge. Il se rend compte que Mierck s'en rend compte. Et pour finir, il se rend compte que de cela, le juge s'en contrefout. Il a ce qu'il veut : des aveux.

« Est-ce qu'on peut parler vraiment d'aveux... », hasarde le maire. Le colonel entre dans la danse :

« Vous avez des oreilles, Monsieur le Maire, et un cerveau. Vous avez donc entendu et compris. »

« Vous voulez peut-être mener l'enquête ? » insinue le juge. Le maire se tait.

Le petit Breton pleure toujours. L'autre est droit comme un I. Souriant. Déjà ailleurs. Lui, il avait fait le calcul de toute façon : déserteur : fusillé. Assassin : exécuté. Dans les deux cas, pollop ! Adieu les choses ! Ce qu'il voulait, c'était aller vite. C'est tout. Et emmerder tout le monde par la même occasion. Bravo.

Mierck rappela un gendarme qui conduisit le typographe dans une pièce étroite, un placard à balais situé à l'étage. On l'enferma dedans et le gendarme monta la garde devant la porte.

Le juge et le colonel s'accordèrent une pause et firent comprendre au maire qu'ils l'appelleraient quand ils auraient besoin de lui. Le petit Breton larmoyant fut conduit à la cave par un autre gendarme, et comme la cave ne fermait pas à clef, on lui passa les cabriolets et on lui dit de s'asseoir par terre. Le reste du peloton retourna, sur ordre de Mierck, sur les lieux du crime, pour les passer au peigne fin.

L'après-midi était déjà bien avancée. Louisette revint avec quantité de victuailles qu'elle était allée pêcher à droite et à gauche. Le maire lui dit de préparer tout cela et d'aller servir ces messieurs, et, pas vache, il lui dit aussi d'apporter un petit quelque chose aux prisonniers.

« Mon frère il était au front, à ce moment-là, me raconta Louisette, je savais que c'était dur, lui aussi il avait eu l'idée de tout laisser, et de rentrer. "Tu me cacheras !", qu'il m'avait dit un jour qu'il était venu en permission, et moi je lui avais dit non, que s'il faisait ça je le dirais au maire et aux gendarmes, je l'aurais pas fait, mais j'avais trop peur qu'il déserte vraiment, qu'il soit pris et fusillé, total, il est mort quand même, une semaine avant l'armistice... Tout ça pour vous dire que ces pauvres gars, j'avais pitié, alors avant d'aller porter à manger aux deux bien portants, je me suis déjà occupée des prisonniers. Celui de la cave, quand j'ai tendu le pain et le lard, il a pas voulu, il était tout recroquevillé sur lui-même, et il pleurait comme un marmot, j'ai laissé le tout à côté de lui, sur un tonneau. Pour l'autre dans le placard de l'étage, j'ai tapé à la porte, il y a pas eu de réponse, j'ai retapé, pas de réponse, j'avais mon pain et mon lard dans les bras, le gendarme alors a ouvert la porte, et on a vu. Le pauvre gars souriait, je vous jure, il souriait, et nous regardait bien en face, les yeux grands ouverts. J'ai crié, j'ai tout laissé tomber par terre, le gendarme a dit Merde!, il s'est jeté sur lui, mais c'était trop tard, il était bien mort. C'est avec son pantalon qu'il s'était pendu, il avait fait des lanières avec et les avait accrochées à la poignée de la fenêtre. Je pensais pas que c'était solide comme ça une poignée de fenêtre... »

Quand ils apprirent la nouvelle, Mierck et Matziev ne furent pas chamboulés. « Une preuve supplémentaire ! » qu'ils dirent au maire. Et ils se regardèrent d'un air entendu.

La nuit commençait à tomber. Le colonel ajouta des bûches dans la cheminée et le juge fit venir Louisette. Elle arriva en baissant la tête, et toute tremblante. Elle pensait qu'il allait l'interroger sur le pendu. Mierck lui demanda ce qu'elle avait trouvé comme nourriture. Elle dit : « Trois saucisses, des rillettes, du jambon, des pieds de porc, un poulet, du foie de veau, un fromage de vache et un autre de chèvre. » Le visage du juge s'illumine. « Bien, très bien... », qu'il lui dit en salivant. Et il passe la commande : cochonnailles en entrée, foie de veau braisé ensuite, une potée avec poulet, chou, carottes, oignons, saucisse, puis les pieds de porc à l'estouffade, les fromages, et une crêpe aux pommes. Et du vin bien sûr. Du meilleur. Blanc en entrée, rouge ensuite. Et d'un revers de main, il la renvoie à sa cuisine.

Pendant toute la soirée, Louisette ne cessera de faire l'aller et retour entre la mairie et la maison du maire. Amenant bouteilles et soupières, ramenant les litres vides, emportant d'autres plats. Le maire était chez lui, abasourdi, au lit avec une fièvre qui l'avait pris brutalement. On avait dépendu et amené le typographe à la morgue de la clinique. Un seul gendarme était resté à la mairie, à surveiller le petit Breton. Louis Despiaux, il s'appelait le gendarme. Un brave type, je vais en reparler.

Le bureau du maire où s'étaient installés le juge et le colonel donnait sur une courette dans laquelle un maigre marronnier essayait de rejoindre le ciel. D'une des fenêtres du bureau, on le voyait parfaitement ce chétif qui manquait d'espace pour s'épanouir et se décider à devenir vraiment un arbre. Il n'existe plus depuis longtemps. Peu de temps après l'*Affaire*, le maire le fit couper : quand il le regardait, il voyait autre chose qu'un arbre malade, et cela, il ne le supportait pas. Du bureau, on accédait à la courette par une porte basse qui fermait un angle. Sur la porte, il y avait des tranches de livres dessinées en trompe-l'œil : c'était du plus bel effet, et permettait de prolonger une bibliothèque plutôt déplumée, où quelques rares vrais livres jamais ouverts voisinaient avec des tomes du code civil et du code des communes. Au bout de la courette, il y avait les cabinets et un auvent grand comme deux bras sous lequel on rangeait des bûches.

Lorsque Louisette apporta le jambon et les rillettes, elle fut accueillie par une exclamation. Pas une engueulade, non, une expression de contentement, et puis, mais elle ne se souvenait plus quoi, une plaisanterie du colonel à son propos, qui fit rire le juge. Elle plaça les assiettes, les couverts, les verres et tout le tintouin sur une table ronde, et servit. Le colonel jeta son cigare dans la cheminée et s'assit le premier, après lui avoir demandé son prénom. « Louisette », répondit Louisette. Alors le colonel lui aurait dit : « Un bien beau prénom pour une bien belle fille. » Et Louisette aurait souri, et mis le compliment dans sa poche sans se rendre compte que l'autre gommeux se moquait d'elle, elle à qui il manquait trois dents du devant, et dont un œil disait merde à l'autre. Puis c'est le juge qui parla. Il lui demanda de descendre à la cave, et d'avertir le gendarme qu'ils avaient à parler au prisonnier. Louisette sortit du bureau et se rendit à la cave, en tremblant, comme si elle allait aux Enfers. Le petit Breton avait cessé de pleurer mais il n'avait pas touché le pain et le lard que la servante lui avait laissés. Louisette fit la commission au gendarme. Celui-ci hocha la tête, dit au prisonnier qu'il fallait y aller, mais comme il ne réagissait pas, Despiaux le saisit par les cabriolets et l'emmena avec lui.

« Dans la cave, c'était tout humide. » C'est Despiaux qui parle. Il me dit son histoire et son dégoût alors que nous sommes attablés à la terrasse du Café de la Croix, à V. Il fait doux. C'est un soir de juin. De juin 21. J'ai retrouvé la trace de Despiaux depuis peu de temps. Après la fameuse nuit que je m'apprête à raconter, il a quitté la gendarmerie : il est parti dans le Sud, chez un beau-frère qui avait des vignes. Ensuite il est passé en Algérie où il a travaillé pour un comptoir maritime qui faisait de l'avitaillement. Puis il est revenu à V. au début de l'année 21. Il fait l'aide-comptable chez Carbonnieux, le grand magasin. Une bonne place, c'est lui qui le dit. C'est un grand type, tout mince mais pas maigre, avec un visage encore très jeune mais des cheveux blancs comme la farine. Il me dit que ses cheveux ont blanchi d'un coup, après la nuit du petit Breton. Il a comme un trou, ou un vide dans le regard. Quelque chose qui plonge loin, qu'on voudrait explorer mais qu'on hésite à faire par peur de se perdre. Il me dit :

« Le gamin, il m'avait pas dit deux mots de tout le temps que j'étais là avec lui. Il avait pleuré comme une Madeleine. Puis plus rien. Je lui ai dit qu'il fallait qu'on y aille. Quand on est arrivés dans le bureau du maire, on se serait cru au Sahara, rapport à la chaleur. Un four de boulanger. Dans la cheminée, il y avait trois fois trop de bûches, et rouges comme des crêtes de coq. Le colonel et le juge étaient assis, la bouche pleine, et le verre tendu. J'ai salué militairement. Ils ont levé leurs verres un peu plus haut pour me rendre mon salut. Je me suis demandé où je venais d'entrer. »

Le petit Breton est sorti de sa torpeur en revoyant les deux guignols. Il s'est mis à gémir, et puis à reprendre ses litanies de « Quoi ? ». La bonne humeur de Mierck s'en est trouvée chagrinée. Alors, entre deux bouchées de rillettes, il lui a lancé en quelques mots la mort du typographe, l'air de rien. Le petit Breton qui ne le savait pas, pas plus que Despiaux d'ailleurs, a pris la nouvelle comme une pierre en plein visage. Il a chancelé et failli tomber. Despiaux l'a retenu.

« Tu vois, lui a dit le colonel, ton complice n'a pas supporté ce que vous avez fait, il a préféré partir.

– Au moins, lui avait de l'honneur, a ajouté

le juge. Qu'est-ce que tu attends pour tout nous dire ! »

Il y eut un silence, pas très long. Despiaux me dit que le gamin le regarda, puis il regarda Mierck, puis Matziev, et alors, tout d'un coup, il poussa un hurlement, mais un hurlement comme jamais paraît-il on n'en avait entendu, même que Despiaux me dit qu'il n'aurait jamais cru un homme capable de pousser un tel hurlement, et que le pire, c'est qu'il n'avait pas de fin, qu'il ne s'arrêtait pas, qu'on se demandait où il allait le chercher ce cri. Ce qui l'arrêta par contre, c'est le coup de badine que le colonel lui cingla en plein visage. Il s'était levé tout exprès. Le petit Breton s'arrêta net. Un grand trait violet lui barrait toute la face, et le sang y perlait par intermittence. D'un geste de la tête, Mierck fit comprendre au gendarme qu'il pouvait le redescendre à la cave, et comme ce dernier s'apprêtait à exécuter l'ordre, la voix de Matziev l'arrêta.

« J'ai mieux, dit-il. Amenez-le donc dans la cour pour lui rafraîchir les idées... Peut-être qu'ainsi la mémoire lui reviendra.

– Dans la cour ? dit Despiaux.

– Oui, là, répondit Matziev en désignant la courette. Et vous avez même un semblant de poteau pour l'attacher. Exécution !

– C'est que mon colonel, il fait froid, il gèle même, hasarda Despiaux.

– Faites ce qu'on vous dit ! » trancha le juge qui achevait de détacher un morceau de jambon de l'os.

« J'avais vingt-deux ans, me dit Despiaux, tandis qu'on reprenait une tournée de Pernod. À vingt-deux ans, qu'est-ce qu'on peut dire, qu'est-ce qu'on peut faire… ? J'ai emmené le petit dans la cour et je l'ai attaché au marronnier. Il pouvait être neuf heures. On passait du bureau où on crevait de chaleur et on retrouvait la nuit, et le gel, moins dix, moins douze peut-être. J'étais pas fier. Le petit sanglotait. "Tu ferais mieux de tout dire si c'est toi, et puis tout serait fini, tu rentrerais au chaud", que je lui dis à l'oreille. "Mais c'est pas moi, c'est pas moi…", qu'il me jure tout bas, comme dans une plainte. Toute la cour était noire. Au ciel, il y avait des dizaines d'étoiles, et puis, devant nous, il y avait la fenêtre du bureau du maire, tout éclairée, et dans cette fenêtre, comme dans le découpage d'un théâtre pour enfants, on voyait une scène irréelle, celle de deux hommes la mine vermillonne, qui mangeaient et buvaient autour d'une table bien garnie, sans se préoccuper de rien.

« Je suis rentré dans le bureau, et le colonel m'a dit d'attendre dans la pièce à côté, qu'ils m'appelleraient. J'y suis allé. Je me suis assis sur une espèce de banc, et j'ai attendu en me tordant les mains, et en me demandant ce qu'il fallait que je fasse. Là aussi il y avait une fenêtre, et là aussi on voyait la cour, et le prisonnier attaché à l'arbre. Je suis resté dans le noir. J'avais pas envie d'allumer la lumière, et qu'il me voie. J'avais honte. J'avais envie de courir, de foutre le camp, mais l'uniforme m'en empêchait, rapport au respect. Ce serait aujourd'hui, il m'empêcherait de rien, sûr ! Par moments, j'entendais leurs voix, des éclats de rire, et puis j'entendais les pas de la servante du maire qui venait apporter les plats tout fumants et qui sentaient très bon. Mais ce parfum, ce jour-là, c'était comme une énorme puanteur qui ne quittait pas le nez. J'avais une boule dans le ventre. Je m'en voulais d'être un homme. »

Louisette fit quantité de voyages. « Par un froid qu'on n'aurait pas mis un cocu dehors ! » me dit-elle. Le repas dura des heures. Mierck et Matziev avaient le temps. Ils se régalaient, du repas et du reste. Louisette ne regardait pas autour d'elle quand elle entrait dans la pièce. C'est son tic. Toujours les yeux sur ses pieds. Plus encore ce soir-là que d'ordinaire. « Ils me faisaient peur tous les deux, en plus ils commençaient à être saouls ! » Le petit Breton dans la courette, jamais elle ne l'a vu. Parfois, c'est bien arrangeant de ne pas voir.

De temps à autre, le colonel sortait justement pour aller dire quelques mots au prisonnier. Il se penchait près de lui, parlait à son oreille. Le petit Breton grelottait, gémissait que ce n'était pas lui, qu'il n'avait rien fait. Le colonel haussait les épaules, se frottait les mains, soufflait dessus, tremblait de froid, et rentrait bien vite au chaud. Despiaux voyait tout cela. Plongé dans le noir, comme attaché lui aussi.

Vers minuit, Mierck et Matziev, les lèvres encore luisantes de la gelée des pieds de cochon, terminaient les fromages. Parlaient de plus en plus fort, chantaient parfois. Tapaient sur la table. Ils avaient bu six bouteilles. Rien que ça.

Tous deux sortirent dans la cour, comme pour prendre l'air. C'était la première fois que Mierck s'approchait du prisonnier. Pour Matziev, c'était sa cinquième visite. Ils tournèrent autour du petit Breton, comme s'il n'existait pas. Mierck leva la tête au ciel. Et parla des étoiles, sur le ton de la conversation. Il les désigna toutes à Matziev, donna leurs noms. C'était une de ses passions les étoiles, au juge. « Elles nous consolent des hommes, elles sont si pures... » Ce sont ses mots. Despiaux entendait tout, les propos et le claquement de dents du prisonnier qui ressemblait à un bruit de pierre tapée contre un mur. Matziev sortit un cigare, en proposa un au juge, qui refusa. Ils discoururent encore tous deux quelques instants des astres, de la lune, du mouvement des planètes, la tête tournée vers la voûte lointaine. Puis, comme piqués par une pointe, ils en vinrent au prisonnier.

Cela faisait trois heures qu'il était dans le froid. Et pas n'importe quel froid. Lui, les étoiles, il avait eu tout le temps de les détailler, avant que ses paupières ne se collent tout à fait à cause de ses larmes qui avaient gelé.

Le colonel lui promena la braise de son cigare sous le nez, plusieurs fois, en lui posant toujours la même question. Le gars ne répondait même plus, il gémissait. Au bout d'un petit moment, les gémissements ont fini par énerver le colonel.

« Êtes-vous un homme ou une bête ? » qu'il lui gueula dans l'oreille. Pas de réaction. Matziev jeta son cigare dans la neige, empoigna le prisonnier toujours attaché à l'arbre et le secoua. Mierck contemplait le spectacle en soufflant sur ses doigts. Matziev laissa retomber le corps grelottant du petit Breton, puis il regarda à droite et à gauche, comme pour y trouver quelque chose. Mais il ne trouva rien, sauf une idée, une belle idée de salaud dans sa tête faisandée.

« Tu as peut-être encore un peu trop chaud, non ? qu'il dit à l'oreille du gamin. Je vais te rafraîchir les idées, mon gaillard ! » Et il prit dans sa poche un couteau de chasse qu'il déplia.

Puis il fit sauter tous les boutons de la vareuse du petit Breton, un par un, avec méthode, et ensuite ceux de sa chemise, puis il fendit d'un coup son maillot. Il enleva ses habits précautionneusement, et le torse nu du prisonnier apporta une grande tache claire dans la pénombre de la cour. Quand Matziev eut fini avec le haut, il fit de même avec le pantalon, le caleçon et la culotte. Il trancha les lacets des chaussures, puis enleva celles-ci lentement, en sifflotant son *Caroline et ses souliers vernis*. Le gamin hurlait, secouait la tête comme un fou. Matziev se releva : le prisonnier était complètement nu à ses pieds.

« Ça va mieux comme cela ? Te sens-tu plus à l'aise ? Je suis certain que la mémoire maintenant va te revenir... »

Il se tourna vers le juge et celui-ci lui dit :

« Rentrons, je commence à prendre froid... »

Tous deux rirent de cette bonne plaisanterie. Et tous deux rentrèrent manger la grande crêpe aux pommes, toute fumante, que Louisette venait de déposer sur la table, avec le café et la bouteille de mirabelle.

Despiaux regardait le ciel de juin, aspirait sa douceur. La nuit venait à petits pas. Je ne faisais rien que de l'écouter, et aussi d'appeler le garçon pour que nos verres jamais ne soient vides. Il y avait beaucoup de monde, frivole et joyeux, autour de nous, sur la terrasse, mais je crois bien que nous étions seuls, et que nous avions froid.

« J'étais devant la fenêtre, un peu en retrait, continua Despiaux. Je ne pouvais pas détacher mon regard du corps du prisonnier. Il s'était mis en boule, comme un chien, autour du pied de l'arbre, et je le voyais bouger, il était tout agité de tremblements, et ça n'arrêtait pas. Moi, je me suis mis à pleurer, je vous le jure, ça a coulé tout seul, et je n'ai pas fait d'efforts pour que ça s'arrête. Et le gamin s'est mis à pousser de longs cris, des cris de bête, comme on dit que les loups faisaient quand il y en avait encore dans nos forêts, et il a continué, et le juge et le colonel ont ri de plus belle à côté, je les entendais. Les cris du gamin, c'était des crocs qui vous rentraient dans le cœur. »

Mierck et Matziev, je les imagine debout, le nez contre les vitres, le cul devant le feu, un verre de fine à la main, le ventre prêt à péter du trop de nourriture, et leurs yeux vers le gamin nu qui se tordait sous le gel, le tout en bavardant de chasse au lièvre, d'astronomie ou de reliure. Ça, je l'imagine, mais je ne dois pas me tromper beaucoup.

Ce qui est sûr c'est qu'un peu plus tard Despiaux aperçut le colonel sortir une nouvelle fois, et venir vers le prisonnier, le toucher du bout de sa botte, à trois reprises, de petits coups dans le dos et le ventre, comme on fait pour vérifier si un chien est bien crevé. Le gosse tenta d'attraper la botte, pour supplier sans doute, mais Matziev le repoussa en lui écrasant le talon sur le visage. Le petit Breton gémit, puis il hurla de plus belle lorsque le colonel renversa sur sa poitrine le contenu d'un broc d'eau qu'il tenait à la main.

« Sa voix, sa voix, vous auriez entendu sa voix, ce n'était plus vraiment une voix d'ailleurs, et puis ce qu'il disait, c'était des mots, dans tous les sens, qui ne voulaient rien dire, mis ainsi les uns après les autres, et puis, tout au bout de cette litanie, il gueula, gueula que c'était lui, oui, que c'était lui, qu'il avouait tout, le crime, tous les crimes, qu'il avait tué, bien tué... On ne l'arrêtait plus. »

Despiaux avait posé son verre sur la table. Il en regardait le fond comme pour y trouver la force de continuer son histoire.

Le colonel le fit venir. Le gamin se remuait dans tous les sens, en répétant toujours la même chose, « C'est moi, c'est moi, c'est moi ! ». Sa peau était toute bleue, marbrée de plaques rouges par endroits, le bout de ses doigts de pied et de main avait déjà commencé à noircir sous l'effet des gelures. Il avait le visage blanc d'un presque mort. Despiaux l'enroula dans une couverture et l'aida à marcher jusqu'à l'intérieur. Matziev rejoignit Mierck. Ils trinquèrent à leur réussite. Le froid avait eu raison du petit Breton. Despiaux ne parvint pas à le faire taire. Il lui donna à boire, du chaud, mais l'autre ne parvint pas à l'avaler. Il le veilla toute la nuit, plus qu'il ne le surveilla. Il n'était plus à surveiller. Il n'était plus rien.

Le mois de juin, le soir, ferait presque espérer de la terre et des hommes. Il y a tant de parfums qui viennent alors des jeunes filles et des arbres, et l'air soudain se fait si gracieux qu'on aurait envie de tout recommencer, de se frotter les yeux, de croire que le mal n'est qu'un rêve et la douleur une tromperie de l'âme. Sans doute est-ce un peu pour tout cela que j'ai proposé à l'ancien gendarme d'aller manger un morceau, quelque part. Il m'a regardé comme si j'avais dit un gros mot, puis il a dit non, de la tête. Peut-être que d'avoir remué toutes ces cendres lui avait coupé l'appétit. Moi non plus à dire vrai je n'avais pas faim, c'était surtout la détresse qui m'avait fait proposer cela, pour qu'on ne se quitte pas trop vite. Mais avant que j'aie le temps de commander une autre tournée, Despiaux s'est levé. Il a déplié sa grande carcasse, et a lissé du plat de ses deux mains la veste de son costume, puis il a rajusté son chapeau et m'a regardé, droit dans les yeux, et je crois bien que c'était la première fois qu'il me regardait ainsi, ou en tout cas, qu'il me regardait avec cette lueur un peu âcre.

« Et vous, qu'il me dit alors, d'une voix affûtée comme un reproche, où vous étiez cette nuit-là ? »

Je suis resté bête devant lui. Clémence est venue très vite à mes côtés. Je l'ai regardée. Elle était toujours aussi belle, transparente mais si belle. Que pouvais-je lui dire à Despiaux ? Il attendait ma réponse. Il était devant moi, et moi je restais bouche ouverte, à le regarder, à regarder le vide où moi seul voyais Clémence. Despiaux a haussé les épaules, enfoncé son galurin, puis il m'a tourné le dos sans me dire au revoir. Il s'est éloigné. Il est reparti dans ses regrets, et m'a laissé dans les miens. Je savais, comme lui sans doute, qu'on peut vivre dans les regrets comme dans un pays.

XIX

Madame de Flers m'a mené enfin jusqu'à Clémence. Je la connaissais de vue. Elle appartenait à une très ancienne famille de V. Du beau monde. Du monde à la Destinat. Son mari, le Commandant, était tombé dès le mois de septembre 14. Je me souviens d'avoir été méchant à son égard, d'avoir pensé que son veuvage lui irait comme une robe du soir, et qu'elle en jouerait pour prendre davantage de hauteur, lors des soirées chez le préfet et des ventes de bienfaisance. Je suis si bête parfois, et bien aigre, en tout cas pas meilleur que quiconque. Très vite, elle a voulu se rendre utile. Elle a quitté V., sa demeure vaste comme un Versailles, et puis elle est venue chez nous, à la clinique. Certains ont dit : « Elle restera pas trois jours, la vue du sang et de la merde la fera tomber dans les pommes ! »

Elle est restée. Malgré le sang et la merde, faisant oublier sa particule et sa fortune par une bonté sans limites et des gestes simples. Elle dormait dans une chambre de bonne, et passait ses heures, ses jours, ses nuits au chevet des mourants et des ressuscités. La guerre massacre, mutile, souille, salit, éventre, sépare, broie, hache, tue, mais parfois, elle remet aussi certaines pendules à la bonne heure.

Madame de Flers m'a pris par la main. Elle m'a conduit. Je me suis laissé faire. Elle s'est excusée : « Nous n'avons plus de chambres, plus de place... »

Nous sommes entrés dans une immense salle commune encombrée de râles, où flottait une odeur surette de pansement, de pus et de souillure. C'était là l'odeur des blessures, de la peine et des plaies, pas celle de la mort, qui est davantage nette et odieuse. Il y avait peut-être trente lits, peut-être quarante, tous pleins, sur lesquels parfois on ne pouvait distinguer que des formes oblongues disparaissant sous les bandages, et qui bougeaient un peu. Au centre de la pièce, quatre draps blancs, tendus de haut en bas, composaient une sorte d'alcôve, légère et mouvante. C'est là que se trouvait Clémence, au milieu de soldats qui ne la voyaient pas, pas plus qu'elle ne savait leur présence.

Madame de Flers a écarté l'un des draps, et je l'ai vue. Elle reposait, le visage droit, les yeux clos, les mains posées sur la poitrine. Elle respirait avec une lenteur majestueuse qui faisait se gonfler sa poitrine mais laissait ses traits impassibles. Il y avait une chaise près de son lit. J'y suis tombé plus que je ne m'y suis assis. D'un geste doux, Madame de Flers a posé sa main sur son front et l'a caressé, puis elle a dit : « L'enfant va bien. » Je l'ai regardée sans comprendre. Puis elle a dit encore : « Je vous laisse, restez autant que vous le souhaitez. » Elle a écarté un drap comme on fait au théâtre parfois. Elle a disparu derrière cette blancheur.

Je suis resté toute la nuit près de Clémence. Je la regardais. Je ne cessais de la regarder. Je n'osais pas lui parler de peur qu'un des blessés qui l'entouraient comme une garde rapprochée entende mes mots. Je posais ma main sur elle, pour prendre sa chaleur, pour lui donner la mienne aussi, tant je me persuadais qu'elle sentait ma présence, en tirait de la force, la force de revenir vers moi. Elle était belle. Peut-être un peu plus pâle que lorsque je l'avais quittée la veille, mais plus douce aussi, comme si le sommeil profond dans lequel elle errait avait chassé les sujets d'inquiétude, les soucis, les peines du jour. Oui, elle était belle.

Jamais je ne l'aurai connue laide, et vieille, ridée, usée. Je vis depuis toutes ces années avec une femme qui n'a jamais vieilli. Je me voûte, je crachote, je me brise, je me ride, mais elle, elle demeure, sans fêlure ni disgrâce. La mort m'a laissé cela, au moins, que rien ne peut me ravir, même si le temps m'a volé son visage, que je bute à le retrouver tel qu'il était vraiment, bien que parfois tout de même, à la manière d'une récompense, il me soit donné de l'apercevoir, dans les éclats du vin que je bois.

Toute la nuit, le soldat qui était à gauche du lit de Clémence, masqué à ma vue par le drap tendu, a balbutié une histoire sans queue ni tête. Parfois il chantonnait, parfois il s'emportait. Sa voix restait toujours égale malgré tout. Je n'ai pas trop compris à qui il s'adressait, à un copain, à une parente, à une amourette ou à lui-même. Tout y passait, la guerre bien sûr, mais aussi des histoires d'héritage, de prés à faucher, de toitures à refaire, de repas de noces, de chats noyés, d'arbres couverts de chenilles, de trousseau brodé, de charrue, d'enfants de chœur, d'inondation, de matelas prêté et jamais rendu, de bois à fendre. C'était un moulin de paroles qui n'arrêtait pas de brasser les moments de sa vie pour les rendre dans n'importe quel ordre, collés les uns aux autres, le tout faisant une grande histoire absurde, à l'image de l'existence au fond. Il répétait de temps en temps un nom, Albert Jivonal. Je suppose que c'était le sien, et qu'il avait besoin de le dire à haute voix, pour se prouver peut-être qu'il était encore bien vivant.

Sa voix était comme l'instrument principal de la symphonie des mourants qui se jouait tout autour de moi. Les respirations, les râles, les souffles percés des gazés, les plaintes, les pleurs, les rires des fous, les noms murmurés, ceux des femmes et ceux des mères, et par-dessus tout, la litanie de Jivonal, tout me faisait croire que nous dérivions tous les deux, Clémence et moi, moi la veillant, elle et moi enfermés dans le château de toile d'un navire invisible, sur le fleuve des morts comme il en est dans les histoires merveilleuses que les maîtres nous disent à l'école, et que nous écoutons, les yeux ronds, avec la peur qui sème dans nos veines des picotements et des froideurs, tandis qu'au-dehors déjà la nuit semble tomber comme un manteau de laine noire jeté sur les épaules d'un géant.

Vers le matin, Clémence a bougé un peu, à moins que ce ne soit la fatigue qui m'ait donné ce mirage. Tout de même, je crois que son visage s'est un peu tourné vers moi. Ce dont je suis sûr, c'est qu'elle a respiré plus fortement, et plus longuement qu'elle ne l'avait fait jusqu'alors. Oui, il y a eu cette grande respiration, comme un beau soupir, lorsque l'on pense en soi qu'une chose est enfin arrivée, et qu'en respirant ainsi, on veut montrer qu'on l'avait attendue, et qu'on est bien heureux qu'elle advienne. J'ai posé ma main sur sa gorge. Je savais. On se surprend parfois à savoir des choses sans jamais les avoir apprises. Je savais que ce soupir était le dernier, qu'il ne serait suivi par aucun autre. J'ai posé ma tête contre la sienne, longtemps. J'ai senti peu à peu la chaleur la quitter. J'ai prié Dieu et les saints pour sortir de ce rêve.

Albert Jivonal est mort peu après Clémence. Il s'est tu. J'ai su qu'il était mort. Je l'ai haï parce que j'imaginais qu'entré dans la mort, il allait se trouver juste près d'elle, comme dans une file d'attente infinie, et que là où il était, il pourrait sans doute l'apercevoir, quelques mètres devant lui. Oui, sans le connaître, sans même avoir jamais vu ses traits, je lui en ai voulu. Être jaloux d'un mort. Vouloir être à sa place.

L'infirmière de jour est passée à sept heures. Elle a fermé les yeux de Clémence que curieusement elle avait ouverts au moment de mourir. Je suis encore resté près d'elle, longtemps. Personne n'osait me dire de partir. C'est moi qui suis parti, tout seul, plus tard. Voilà.

L'enterrement de *Belle de jour* eut lieu à V. une semaine après l'assassinat. Je n'y étais pas. J'avais ma douleur. On m'a dit que l'église était pleine à craquer, et que sur le parvis, il y avait aussi une bonne centaine de gens, malgré la pluie cinglante qui tombait. Le Procureur y était. Le juge aussi, et Matziev. La famille bien sûr, Bourrache, sa femme qu'il fallait soutenir, et les deux sœurs de la petite, Aline et Rose, qui semblaient ne pas comprendre ce qui arrivait. Il y avait aussi la tante, Adélaïde Siffert, qui chevrotait dans son menton, et répétait à tout le monde au cimetière, « Si j'avais su... si j'avais su... ». Le problème, c'est qu'on ne sait jamais.

Nous, dans l'église, nous n'étions pas beaucoup. Je dis nous car il me semblait que nous étions encore ensemble, même si moi j'étais debout, et Clémence couchée dans le cercueil de chêne entouré de grands cierges, et que je ne la voyais plus, ne la sentais plus. Le père Lurant officiait. Il dit des mots simples et justes. Sous son habit de messe, je revoyais l'homme avec lequel j'avais partagé un repas et une chambre, tandis que Clémence se mourait.

J'étais fâché avec mon père depuis longtemps, et Clémence n'avait plus de famille. Tant mieux. Je n'aurais pas supporté d'être mis sous les ailes des uns ou des autres, et de devoir parler et entendre, être embrassé, serré dans des bras, plaint. Je voulais être seul, très vite, puisque désormais j'allais être seul toute la vie.

Au cimetière, nous nous sommes retrouvés à six : le curé, Ostrane le fossoyeur, Clémentine Hussard, Léocadie Renaut, Marguerite Bonsergent – trois vieilles qui faisaient tous les enterrements – et moi. Le père Lurant prononça la dernière prière. Tout le monde écouta, tête baissée. Ostrane reposait ses mains calleuses sur le manche de sa pelle. Moi, je regardais le paysage, les prés qui allaient vers la Guerlante, le coteau aux arbres nus et aux chemins brun sale, le ciel encombré. Les vieilles lancèrent une fleur sur le cercueil. Le curé fit le signe de la croix. Ostrane commença à lancer la terre. Je partis le premier. Je ne voulais pas voir.

La nuit qui suivit je fis un rêve. Clémence était sous la terre et elle pleurait. Des animaux de toute sorte venaient vers elle, avec leurs têtes hideuses, leurs crocs, leurs griffes. Elle protégeait son visage avec ses mains mais ils avançaient et finissaient par l'atteindre, par la mordre, par enlever de minces morceaux de sa chair qu'ils engloutissaient dans leurs gueules. Clémence disait mon nom. Elle avait dans la bouche du sable et des racines, et ses yeux n'avaient plus de pupilles. Ils étaient blancs et ternes.

Je me suis réveillé en sursaut. Trempé, haletant. J'ai vu alors que j'étais seul dans le lit. J'ai compris soudain combien un lit pouvait être grand et nu. J'ai pensé à elle, là-bas, sous la terre, dans cette première nuit d'exil. J'ai pleuré comme un enfant.

Il y eut ensuite des jours, je ne sais plus combien. Et des nuits. Je ne sortais plus. J'oscillais. J'hésitais. Je prenais la carabine de Gachentard, plaçais une balle dans le magasin, plongeais le canon dans ma bouche. J'étais saoul de l'aube au crépuscule. La maison prenait des allures de souille et des parfums de fosse. Je puisais la force dans les bouteilles. Parfois, je hurlais, je tapais contre les murs. Quelques voisins me visitèrent que je mis à la porte. Et puis un matin, alors que je m'étais fait peur en voyant mon visage de robinson dans un miroir, une sœur de la clinique vint frapper. Elle portait dans ses bras un petit paquet de laine qui bougeait faiblement : c'était l'enfant. Mais cela, je le raconterai un peu plus tard, pas tout de suite, je le dirai quand j'en aurai fini avec les autres.

XX

Mierck avait fait enfermer le petit Breton à la prison de V., même si l'armée avait réaffirmé son désir de le fusiller. C'était à qui en fait le zigouillerait le premier. Ça prit un peu de temps tout de même. Le temps pour moi d'aller le voir. Il y était depuis six semaines.

La prison, je la connaissais. C'était un ancien couvent qui datait du Moyen Âge. Les détenus avaient succédé aux moines. C'est tout. Sinon, le lieu n'avait pas beaucoup changé. Le réfectoire était toujours le réfectoire, les cellules, les cellules. On avait seulement ajouté quelques barreaux, des portes, des serrures, et planté sur le faîte des murs des pieux en métal hérissés de piquants. La lumière venait mal dans cette grande bâtisse. Il y faisait toujours sombre, même les jours de plein soleil. Et l'envie qu'on avait en y entrant, c'était d'en ressortir le plus vite possible, et en courant encore.

J'avais dit que c'était le juge qui m'envoyait. C'était faux, mais personne ne demanda à vérifier. Tous me connaissaient.

Quand le gardien m'ouvrit la porte de la cellule du petit Breton, je ne vis tout d'abord pas grand-chose. Par contre je l'entendis tout de suite. Il chantait, très doucement, avec une voix d'enfant, assez jolie d'ailleurs. Le gardien me laissa et referma la porte dans mon dos. Mes yeux s'habituèrent et je l'aperçus. Il était prostré, assis dans un angle de la pièce, les genoux ramenés sous le menton, et il balançait sa tête, sans cesse, tout en poursuivant sa chanson. C'était la première fois que je le voyais. Il faisait moins que son âge. Il avait de beaux cheveux blonds, et des yeux bleus qui fixaient le sol. Je ne sais pas s'il m'avait entendu venir mais quand je lui parlai, il ne parut pas surpris.

« Alors c'est vraiment toi qui l'as tuée la petite ? » que je lui demandai.

Il arrêta sa chanson, et sans lever ses yeux, il fredonna sur l'air de la mélodie : « C'est moi, c'est bien moi, c'est moi, c'est bien moi... »

Je lui dis : « Je ne suis pas le juge, ni le colonel, tu n'as pas à avoir peur, tu peux me dire à moi... »

Là, il me regarda, avec un sourire d'absent, comme s'il venait de très loin et voulait y demeurer. Il bougeait toujours sa tête, comme les angelots des crèches dans lesquels on met une pièce et qui remercient longtemps. Et sans rien ajouter, il repartit dans sa chanson qui parlait de « blés mûrs, d'alouettes, de noce et bouquets ».

Je suis encore resté un peu à le regarder, à regarder ses mains surtout, et à me demander si c'étaient là des mains de criminel. Quand je suis parti, il n'a pas tourné la tête, il a continué à chanter et à se balancer un peu. Un mois et demi plus tard, après avoir comparu devant le tribunal militaire pour désertion et assassinat, il fut reconnu coupable des deux chefs d'inculpation, et fusillé dans la foulée.

L'*Affaire* était close.

D'un petit paysan, Mierck et Matziev avaient réussi, en une seule nuit, à faire un demi-fou, ainsi qu'un coupable idéal et consentant. Bien sûr, les épisodes de la fameuse nuit, je ne les sus que plus tard, quand je finis par retrouver Despiaux. Ce que je savais déjà par contre, c'était que ni le juge ni le colonel n'étaient allés interroger le Procureur. Ce qu'avait dit Joséphine était tombé dans le grand oubli. Je me suis souvent demandé pourquoi d'ailleurs. Après tout, Mierck détestait Destinat, cela ne faisait aucun pli ! L'occasion était belle de l'agacer jusqu'à plus soif, et de traîner son nom et sa figure d'empereur romain dans le ruisseau.

Mais je pense qu'il y a quelque chose de plus fort que la haine, c'est les règles d'un monde. Destinat et Mierck faisaient partie du même, celui des bonnes naissances, des éducations en dentelle, des baisemains, des voitures à moteur, des lambris et de l'argent. Au-delà des faits et des humeurs, plus haut que les lois que les hommes peuvent pondre, il y a cette connivence et ce renvoi de politesse : « Tu ne m'embêtes pas, je ne t'embête pas. » Penser qu'un des siens peut être un assassin, c'est penser que soi-même on peut l'être. C'est désigner à la face de tous que ceux qui tortillent de la bouche et nous regardent de très haut, comme si nous étions des fientes de poule, ont une âme pourrie, comme tous les hommes, qu'ils sont comme tous les hommes. Et ça, c'est peut-être le début de la fin, de la fin de leur monde. C'est donc insupportable.

Et puis, pourquoi Destinat aurait tué *Belle de jour* ? Qu'il lui parle d'accord, mais la tuer ?

Dans les poches du petit Breton, quand il fut arrêté, on retrouva un billet de cinq francs avec une croix au crayon de papier dans son coin supérieur gauche. Adélaïde Siffert le reconnut formellement comme étant le billet qu'elle avait donné à sa filleule, le fameux dimanche. Les croix, c'était sa manie sur les billets, sa façon de témoigner qu'ils étaient bien à elle et pas à quelqu'un d'autre.

Le déserteur jura qu'il l'avait trouvé le long du petit canal, sur la berge. Donc il était bien passé par là ! Oui, et alors ? Qu'est-ce que ça prouve ? C'est même là qu'ils avaient dormi, le typographe et lui, sous *le Boudin*, le fameux pont peinturluré, à l'abri du froid et de la neige, se serrant l'un contre l'autre : les gendarmes avaient vu les herbes couchées et la forme de deux corps. Cela aussi il l'avoua sans mal.

De l'autre côté de la rive du petit canal, à peu près en face de l'endroit où il y a la petite porte qui donne sur le parc du Château, se trouve le laboratoire de l'Usine. C'était un bâtiment pas très haut, tout en longueur, comme une grande cage de verre éclairée nuit et jour. Nuit et jour parce que l'Usine ne s'arrête jamais et que dans le laboratoire, deux ingénieurs sont là en permanence pour vérifier les dosages et la qualité de ce qui sort du ventre du gros monstre.

Quand j'ai demandé à parler à ceux qui étaient en poste la nuit du crime, Arsène Meyer, le chef du personnel, a regardé le crayon qui était dans ses mains, et il l'a retourné dans tous les sens.

« T'as la réponse dessus ? » que je lui ai dit tout à trac. On se connaissait depuis longtemps, et puis il me devait un peu quelque chose : j'avais fermé les yeux, en 1915, quand son aîné, un jean-foutre, avait cru que le matériel de l'armée, couvertures, gamelles et rations, entreposé dans des hangars près de la place de la Liberté, était le sien. J'avais engueulé ce grand couillon. Il avait tout remis en place, et puis je n'avais pas fait de rapport. Personne ne s'était aperçu de rien.

« Ils sont plus là... qu'il me dit Meyer.

– Et depuis quand, ils sont plus là ? » je lui demande.

Alors il regarde son crayon, puis il murmure quelque chose, et il faut que je tende bien l'oreille pour entendre.

« Ils sont partis en Angleterre, ça va faire deux mois... »

L'Angleterre, surtout en temps de guerre, c'était presque le bout du monde. Et deux mois plus tôt, ça faisait peu de temps après le crime.

« Et pourquoi ils sont partis ?

– On leur a dit.

– Qui ?

– Le Directeur.

– C'était prévu ce départ ? »

Meyer casse son crayon. Il sue à grosses gouttes.

« Tu ferais mieux de partir, qu'il me dit, j'ai des ordres, et tout policier que tu es, t'es bien petit face à ces gros. »

Je n'ai pas voulu l'asticoter davantage. Je l'ai laissé dans sa gêne en me disant que le lendemain, j'irais poser la question au Directeur lui-même.

Je n'ai pas eu le temps. Le lendemain en question, à l'aube, on me portait un message. Le juge voulait me voir, le plus vite possible. Je savais pourquoi. J'ai pensé que les nouvelles allaient bien vite.

Comme d'habitude, *Croûteux* m'accueillit, et on me fit poireauter dans l'antichambre une bonne heure. J'entendais, par-delà la porte matelassée de cuir, des voix, des voix gaies il me semblait. Lorsque *Croûteux* revint pour me dire que Monsieur le Juge allait me recevoir, j'étais occupé à décoller du doigt un pan de soie rouge qui se détachait du mur. J'en avais tiré quarante bons centimètres que j'avais ensuite déchirés en petites franges. Le greffier me regarda d'un air surpris et peiné, comme on regarde un malade, mais il ne dit rien. Je le suivis.

Mierck était assis dans son fauteuil, le corps rejeté en arrière. À ses côtés, Matziev, comme un double, un double moins gros et plus grand, un double de l'âme. À croire que ces deux crevures étaient tombées amoureuses l'une de l'autre, elles ne se quittaient plus. Matziev prolongeait son séjour. Il habitait toujours chez Bassepin, et nous abrutissait le crâne avec son phonographe. Il a fallu attendre la fin janvier pour qu'il nous fiche le camp, et qu'on ne le revoie plus jamais.

Mierck m'entreprit bille en tête.

« De quel droit êtes-vous allé à l'Usine ? » qu'il aboya.

Je ne répondis rien.

« Qu'est-ce que vous cherchez ? L'*Affaire* est résolue et les coupables ont payé !

– C'est ce qu'on dit en effet..., répondis-je, ce qui eut le don de le mettre en rogne encore plus.

– Quoi ? Qu'est-ce que vous insinuez ?

– Je n'insinue rien. Je fais mon métier. »

Matziev tripotait un cigare qu'il n'avait pas encore allumé. Mierck repartit à l'assaut. Il ressemblait à un nourrain auquel on aurait coincé les couilles entre deux briques.

« Justement, faites votre métier, et laissez en paix les honnêtes gens. Si j'apprends encore que vous posez, à qui que ce soit, des questions relatives à ce dossier qui est clos et jugé, je vous barre... Je peux comprendre, continua-t-il avec une voix adoucie, que dans les circonstances actuelles, vous ne soyez plus tout à fait vous-même, la mort de votre jeune épouse, la douleur... »

De l'entendre parler de Clémence, évoquer son image, son nom, ça m'a donné un coup : c'était comme si on avait essayé d'embellir un tas de bouses avec un brin de jasmin.

« Taisez-vous », que je lui dis.

Il écarquille les yeux, s'empourpre, et il repart, furieux :

« Comment ? Vous osez me donner des ordres ? Vous ?

– Je vous emmerde », que je lui réponds.

Mierck a failli se casser la gueule de sa chaise. Matziev m'a toisé, n'a rien dit, il a allumé son cigare, puis a secoué longuement l'allumette alors même qu'elle était déjà éteinte.

Dans la rue il y avait du soleil. Je me sentais comme un peu ivre, et j'aurais bien aimé causer avec quelqu'un, quelqu'un de confiance et qui sentait les choses comme moi. Je ne parle pas de l'*Affaire*. Je parle de la vie, du temps, de tout et de rien.

Je me suis souvenu de Mazerulles, le secrétaire de l'inspecteur de l'Instruction que j'étais allé voir après la mort de Lysia Verhareine. Ça m'aurait donné du baume de revoir sa tête de navet, son teint gris, ses yeux de chien mouillé qui attend la main censée le caresser. J'ai commencé à me diriger vers la place des Carmes où se trouvait le bâtiment de l'Inspection. Je ne me pressais pas. Je me sentais allégé d'un poids indéfinissable, et je revoyais la face de Mierck lorsque je l'avais envoyé paître. Sans doute était-il déjà occupé à exiger ma tête à mes supérieurs. Je m'en fichais.

Quand j'ai demandé au concierge si Mazerulles travaillait toujours là, il a rattrapé ses lunettes qui avaient tendance à tomber.

« Monsieur Mazerulles nous a quittés il y a un an, m'a-t-il dit.

– Est-ce qu'il est toujours à V. ? » que j'ai poursuivi.

Le gars m'a regardé comme si j'arrivais de la lune :

« Je pense qu'il n'a pas dû bouger du cimetière, mais vous pouvez toujours aller vérifier. »

XXI

Les semaines ont filé, le printemps est revenu. Chaque jour j'allais sur la tombe de Clémence, deux fois. Le matin, et juste avant le soir. Je lui parlais. Je lui racontais les heures de ma vie, comme si elle était toujours à côté de moi, sur le ton de la conversation du quotidien, celle dans laquelle les mots d'amour n'ont pas besoin de grandes décorations et de beaux apprêts pour resplendir comme des louis.

J'avais pensé tout laisser à l'eau, mon travail, la maison, et puis partir. Mais je me suis souvenu que la terre était ronde, et que j'aurais tôt fait de revenir sur mes pas, bien bête en somme. J'avais un peu compté sur Mierck pour me faire aller vers d'autres pays. Je m'étais dit qu'il voudrait sa vengeance, qu'il trouverait bien le moyen de me faire déplacer ou mettre à pied. En fait, j'étais un lâche. Je remettais entre d'autres mains la décision que je ne pouvais pas prendre moi-même. Mais Mierck ne fit rien, en tout cas rien qui aboutisse.

On était en 18. La guerre sentait la fin. C'est facile de dire cela aujourd'hui où j'écris, aujourd'hui où je sais qu'elle a bien fini en 18, mais je ne crois pas mentir. On sentait cette fin, ce qui rendait encore plus odieux et inutiles les derniers convois de blessés et de morts qui passaient par chez nous. La petite ville était toujours pleine d'éclopés et de gueules effroyables, recousues tant bien que mal. La clinique ne désemplissait pas, à la façon des prestigieux hôtels des stations balnéaires que l'on se recommande entre gens du monde. Sauf que là, la belle saison durait depuis quatre ans sans débander. Parfois, j'apercevais Madame de Flers, de loin, et j'avais alors un coup au cœur, comme si elle allait me voir, venir à moi comme elle l'avait fait naguère, et me conduire au chevet de Clémence.

Chaque jour ou presque, j'allais sur la berge du petit canal, et je continuais à la fouiller, comme un chien obstiné ou corniaud, moins pour y trouver un détail essentiel que pour ne pas laisser aller les choses dans l'oubli. Souvent, je devinais la haute silhouette de Destinat, pardelà les murs du parc, et je savais qu'il me voyait aller ainsi. Depuis sa retraite, il ne sortait quasiment plus de sa demeure, et recevait encore moins. C'est-à-dire qu'il ne recevait personne, et passait ses jours dans le silence, sans même lire, assis à son bureau, les mains jointes – c'est Barbe qui me l'a dit –, à regarder par la fenêtre, ou bien à tourner dans son parc, comme un animal solitaire. Au fond, nous n'étions pas très dissemblables.

Un jour, c'était le 13 juin de cette même année, alors qu'une fois de plus je longeais la berge et que j'avais dépassé *le Boudin*, j'entendis des froissements d'herbe dans mon dos. Je me retournai. C'était lui. Plus grand encore que dans mon souvenir, les cheveux d'un gris presque blanc, lissés en arrière du front, l'habit noir et le soulier impeccablement ciré, un jonc terminé par une courte pomme d'ivoire dans la main droite. Il me regardait et n'avançait plus. Je pense qu'il avait attendu mon passage, et qu'il était sorti par la porte du fond de son parc.

Nous nous observâmes un long moment, sans rien nous dire, comme se jaugent des fauves avant de se jeter l'un sur l'autre, ou comme s'estiment de vieux amis qui ne se sont pas vus depuis des lustres. Je ne devais pas avoir fière allure. Il me semble que le temps m'avait en quelques mois creusé le corps et les traits plus qu'il ne l'avait fait en dix ans.

Destinat le premier parla :

« Je vous vois souvent ici, savez-vous... »

Et il laissa traîner la phrase, sans chercher à lui mettre une fin, ou sans pouvoir. Moi, je ne savais quoi dire. Cela faisait tellement longtemps que je ne lui avais pas adressé la parole que je ne savais plus au juste comment on faisait.

Il fouilla la mousse qui bordait la berge avec la pointe de sa canne, s'approcha un peu plus de moi, et me détailla, sans méchanceté, mais avec une précision maladive. Le plus bizarre, c'est que ce regard ne me gêna pas, mais me donna plutôt un bienheureux sentiment, apaisant et tranquille, comme lorsqu'un vieux médecin que l'on connaît depuis l'enfance nous examine pour découvrir nos peines et nos douleurs.

« Vous ne m'avez jamais demandé si... »

Et là encore il ne termina pas sa phrase. Je vis ses lèvres frémir un peu et ses yeux ciller une seconde, sous l'effet de la lumière. Je savais bien de quoi il voulait parler. On se comprenait parfaitement.

« Aurais-je eu une réponse ? » je lui dis, en faisant traîner mes mots, comme lui.

Il respira fort, fit tinter dans sa main gauche sa montre qui pendait au bout d'une chaîne à laquelle aussi était accrochée une curieuse petite clef noire, puis il regarda au loin, vers le ciel qui était d'un beau bleu clair, mais ses yeux revinrent vite à moi et se plantèrent dans les miens, à les faire vaciller.

« Il faut se méfier des réponses, elles ne sont

jamais ce qu'on veut qu'elles soient, ne croyez-vous pas ? »

Puis du bout de sa chaussure gauche, il précipita à l'eau la mousse qu'il avait décollée avec sa canne. Une mousse tendre, d'un vert nouveau, qui joua la valse dans un tourbillon avant de partir vers le milieu de l'eau, et d'y sombrer.

Je revins à Destinat. Il avait disparu.

La vie reprit, comme on dit, et la guerre finit. La clinique se vida peu à peu, ainsi que nos rues. Les cafés firent moins d'affaires, et Agathe Blachart eut moins de clients. Des fils revinrent, et des maris. Certains intacts, d'autres bien abîmés. Beaucoup ne réapparurent jamais, bien sûr, mais il y avait toujours l'espoir pour certains, malgré l'évidence, de les voir tourner le coin de la rue, entrer dans la maison, s'attabler et attendre le cruchon de vin. Les familles qui avaient les leurs à l'Usine avaient traversé la guerre sans trop de soucis ni de privation. Les autres par contre sortaient de quatre années terribles. Le fossé se creusa plus encore, surtout lorsqu'un mort ou deux achevaient d'y pourrir. Certains ne se parlèrent plus. D'autres en vinrent à se haïr.

Bassepin commença son commerce de monuments. Un des premiers qu'il fournit fut d'ailleurs le nôtre : un poilu, le drapeau à la main gauche, le fusil dans la droite, tout le corps tendu en avant sur un genou un peu fléchi, avec à son côté un coq gaulois, immense et bien fier, saisi dans l'instant où il gueule son chant, dressé sur ses ergots.

Le maire l'inaugura le 11 novembre 1920. Il fit un discours, trémolos, envolées, roulements d'yeux, puis lut les noms des quarante-trois pauvres gars de la petite ville morts pour la patrie, en laissant après chaque nom le temps à Aimé Lachepot, le garde champêtre, de donner un grave roulement de tambour. Des femmes pleuraient, tout en noir, et des enfants encore petits leur donnaient la main en essayant de les entraîner vers la boutique de Margot Gagneure qui vendait à deux pas toutes sortes de bricoles et notamment des bâtons de réglisse et des sucettes au miel.

Puis il y eut le lever des couleurs. La fanfare joua un air lugubre que tout le monde écouta, bien droit, le regard fixe. Et dès la dernière mesure achevée, les uns et les autres se précipitèrent vers la mairie où un vin d'honneur était servi. On oublia les morts dans le mousseux et le pâté tartiné. On parla. On recommença même à rire. On se quitta au bout d'une heure en s'apprêtant à rejouer ainsi, d'année en année, la comédie des cœurs lourds et du souvenir.

Destinat était à la cérémonie, au premier rang. J'étais à deux mètres derrière lui. Mais il ne vint pas à la mairie. Il regagna le Château, avec lenteur.

Bien qu'en retraite depuis quatre bonnes années, il se rendait de temps à autre à V. *Le Grave* faisait atteler pour dix heures moins dix. À dix heures pétantes, Destinat descendait et s'installait dans la voiture, et fouette cocher. Arrivé à la ville, il marchait dans les rues, toujours la même promenade, rue Marville, place de la Préfecture, allée Baptiste-Villemaux, rue Plassis, rue d'Autun, square Fidon, rue des Bourelles. *Le Grave* suivait en voiture, vingt mètres derrière, et calmait de la main les deux chevaux qui avaient tendance à piaffer tout en chiant leur crottin. Destinat croisait du monde qui le saluait. Il inclinait un peu la tête, n'échangeait jamais un mot.

À midi, il entrait au *Rébillon* où l'accueillait Bourrache. Il avait toujours sa table, mangeait immuablement les mêmes mets, buvait le même vin que lorsqu'il faisait couper les têtes. La différence, c'est qu'il s'attardait après le café. La salle se vidait, Destinat restait. Et puis il faisait signe à Bourrache de le rejoindre. Alors l'aubergiste prenait une bouteille de fine, de la meilleure, deux petits verres, et il s'asseyait en face du Procureur. Il remplissait les verres, lampait le sien. Destinat quant à lui respirait l'alcool mais ne le portait jamais à ses lèvres.

Puis les deux hommes parlaient.

« Mais de quoi ? » ai-je osé un jour demander à Bourrache, mais longtemps, longtemps après.

Son regard s'est perdu. On aurait cru qu'il regardait une scène lointaine, ou une image floue. Ses yeux sont devenus brillants.

« De ma petite... », qu'il a dit, et de grosses larmes ont roulé sur ses joues mal rasées.

« C'est surtout le Procureur qui parlait, moi je l'écoutais. On aurait dit qu'il la connaissait mieux que moi, pourtant, quand elle était encore parmi nous, jamais je ne l'ai vue lui adresser la parole, à peine un mot quand elle venait lui porter le pain, ou une carafe d'eau. Mais, c'est comme s'il savait tout d'elle. Il m'en faisait une peinture, me parlait de son teint, de ses cheveux, de sa voix d'oiseau, de la forme de sa bouche et de sa couleur aussi, il citait le nom de peintres du passé que je ne connaissais pas, il disait qu'elle aurait pu être dans leurs tableaux. Et puis il me posait toutes les questions possibles, sur son caractère, ses petites manies, ses mots d'enfant, ses maladies, ses jeunes années, et il fallait que je raconte, que je raconte, jamais il n'était las.

« Et à chaque fois qu'il revenait, c'était la même chose : "Et si nous parlions d'elle, maintenant, mon bon Bourrache...", qu'il commençait. Moi, je n'y tenais pas, ça me faisait mal au cœur, et ce mal durait toute la fin de la journée, et le soir aussi, mais je n'osais pas le dire au

Procureur, alors je parlais. Une heure, deux heures, je crois que j'aurais pu parler pendant des jours que ça ne lui aurait pas déplu. Moi, je trouvais ça étrange cette passion pour ma petite morte, mais je me disais que ce devait être l'âge, qu'il devenait un peu gâteux, c'est tout, et que le fait d'être seul, de ne pas avoir eu d'enfant lui travaillait l'esprit.

« Un jour, il me demanda même si je n'avais pas une photographie de la petite à lui donner. Des photographies, pensez, ça coûte, on n'en faisait guère. J'en avais trois, dont une sur laquelle il y avait mes trois filles. C'était la marraine de *Belle* qui l'avait voulue, et l'avait payée. Elle les avait conduites chez Isidore Kopieck, vous savez, le Russe de la rue des États. C'est lui qui les a fait poser, les deux grandes assises par terre, dans un décor d'herbe et de fleurs, et *Belle* au milieu, debout, qui souriait, pleine de grâce, une vraie Sainte Vierge. J'en avais trois exemplaires de cette photographie, un par fillette. J'ai donné celui de *Belle* au Procureur. Vous l'auriez vu, on aurait cru que je lui avais offert une mine d'or ! Toute sa carcasse s'est mise à trembler, il n'arrêtait pas de me dire merci, et de me serrer la main à me la décrocher.

« La dernière fois qu'il est venu, c'était une semaine avant sa mort. Toujours le même rituel, le repas, le café, la fine, et la conversation. Les questions sur la petite, presque toujours les mêmes, et puis, après un grand silence, il me dit presque dans un murmure, sur le ton de la sentence : “Elle n’a pas connu le mal, elle est partie sans le connaître, alors que nous autres, le mal nous a rendus si laids…” Puis il s’est levé, lentement, m’a serré longuement la main. Je l’ai aidé à mettre son manteau, il a pris son chapeau, et tout son regard alors a fait le tour de la salle, comme pour en prendre la mesure. J’ai ouvert la porte et je lui ai dit, “À la prochaine fois, Monsieur le Procureur”, il a souri mais il n’a pas répondu. Il est parti. »

C’est douloureux d’écrire. Je m’en rends compte depuis des mois que je m’y suis mis. Ça fait mal à la main, et à l’âme. L’homme n’est pas fait pour ce travail, et puis, à quoi ça sert ? À quoi ça me sert ? Si Clémence avait été près de moi, jamais je n’aurais gribouillé toutes ces pages, même avec la mort de *Belle de jour* et son mystère, même avec la mort du petit Breton, qui me fait une flétrissure quelque part sur la conscience. Oui, sa seule présence aurait suffi à m’éloigner du temps passé et à me rendre fort. Au fond, c’est pour elle et elle seule que j’écris, pour faire semblant, pour me tromper, pour me convaincre qu’elle est encore à m’attendre, où qu’elle soit. Et qu’elle entend tout ce que j’ai à lui dire.

Écrire me fait vivre à deux.

Lorsqu'on est seul, depuis longtemps, on peut choisir de parler à haute voix, aux choses et aux murs. Ce que je m'applique à faire n'est guère différent. Je me suis souvent demandé ce qu'avait choisi le Procureur. Comment il passait les heures, à qui il dédiait ses petites pensées, ses conversations du dedans ? Un veuf comprend un autre veuf, enfin, il me semble. Bien des choses au fond auraient pu nous rapprocher.

XXII

Le 27 septembre 21, alors que je traversais la rue des Pressoirs, je ne vis pas venir une voiture automobile qui me renversa. Mon front heurta l'angle du trottoir. Je me souviens qu'au moment du choc, j'ai pensé à Clémence, et je me souviens que j'ai pensé à elle en tant que vivante, à qui on allait annoncer que son époux venait d'avoir un accident. Je me souviens aussi, en cette fraction de seconde, que je m'en suis voulu d'avoir été si tête en l'air à ne pas regarder avant de traverser, et que par ma faute, elle allait avoir du tracas. Puis je me suis évanoui. Presque avec bonheur, comme si j'avais été attiré dans un pays doux et calme. Quand je me suis réveillé à la clinique, on m'a dit que j'étais resté dans ce sommeil étrange sept jours entiers. Sept jours en dehors de ma vie pour ainsi dire, sept jours dont je n'ai aucun souvenir, si ce n'est cette impression de noir, d'obscurité moelleuse. Les médecins de la clinique pensaient d'ailleurs que je ne me réveillerais jamais. Ils ont eu tort. Je n'ai pas eu de chance.

« Vous n'avez pas été loin de la mort ! » me dit l'un d'eux en se réjouissant de constater mon réveil. C'était un jeune gars rieur avec de beaux yeux marron, très mobiles et bien brillants. Il avait encore toutes les illusions que l'on peut avoir à son âge. Je ne lui ai rien répondu. Dans cette grande nuit, je n'avais pas retrouvé celle que j'avais aimée, et que j'aime toujours. Je ne l'avais pas entendue, ni sentie. Le médecin devait donc se tromper : j'avais dû encore être loin de la mort puisque rien ne m'avait signifié sa présence.

On me garda encore deux semaines. J'étais curieusement faible. Je ne connaissais aucune des infirmières qui s'occupaient de moi. Elles, semblaient me connaître. Elles m'apportaient des soupes, des tisanes, de la viande bouillie. Je cherchais des yeux Madame de Flers. Je demandai même à l'une d'elles si elle était encore là. L'infirmière me sourit, sans me répondre. Elle devait croire que je délirais.

Lorsqu'on considéra que je pouvais parler sans trop me fatiguer, j'eus la visite du maire. Il me serra la main. Me dit que j'avais eu chaud. Qu'il s'était fait du mauvais sang. Puis il fouilla ses grosses poches et sortit un paquet de bonbons tout collants qu'il avait acheté tout exprès.

Il le posa sur la table de nuit, un peu honteux, comme s'excusant :

« Je voulais vous apporter une bonne bouteille, mais le vin ici, c'est interdit, alors je me suis dit que... Remarquez, ceux-là, la pâtissière les fourre à la mirabelle ! »

Il rit. Je ris avec lui, pour lui faire plaisir. Je voulus parler, lui poser des questions, mais il mit le doigt sur sa bouche, d'un air de dire que nous avions le temps. Les infirmières lui avaient dit qu'il fallait me ménager, pas trop parler ni me faire parler. Nous restâmes ainsi quelques instants, à nous regarder, à regarder les bonbons, le plafond, la fenêtre par laquelle on ne voyait rien sinon un morceau de ciel, sans arbre, sans colline, sans nuage.

Puis le maire se leva, me serra de nouveau la main, longuement, et s'en alla. Il ne m'annonça pas ce jour-là la mort de Destinat. Je l'appris deux jours plus tard, par le père Lurant qui vint lui aussi me visiter.

C'était arrivé le lendemain de mon accident. Il était mort le plus simplement du monde, sans tapage ni grands cris, chez lui, par un beau jour d'automne, or et rouge, à peine frais, tout encore teinté du souvenir de l'été.

Comme chaque jour, il était sorti dans le milieu de l'après-midi pour faire sa promenade dans le parc du Château, et au terme de celle-ci, il s'était assis comme à l'accoutumée sur le banc dominant la Guerlante, posant ses deux mains sur sa canne. D'ordinaire, il restait ainsi un peu moins d'une heure, puis rentrait.

Ce jour-là, Barbe ne le voyant pas revenir sortit dans le parc, et l'apercevant de loin et de dos, toujours sur le banc, fut rassurée, et retourna à sa cuisine où elle préparait un rôti de veau. Mais une fois son rôti apprêté, ses légumes pour la soupe épluchés, coupés, jetés dans une marmite, elle se fit la réflexion qu'elle n'avait toujours pas entendu le pas du Procureur. Elle sortit de nouveau, et le vit encore sur son banc, indifférent au brouillard qui montait de la rivière et à la nuit qui peu à peu enveloppait tous les arbres du parc autour desquels des centaines de corbeaux volaient en se chamaillant. Barbe se décida à aller voir son maître pour lui dire que le souper serait prêt bientôt. Elle traversa le parc, s'approcha de Destinat, l'appela mais n'obtint pas de réponse. Quand elle fut près de lui, à quelques mètres, elle eut un pressentiment. Elle marcha lentement, contourna le banc, et vit Destinat, le buste droit, les yeux grands ouverts, les deux mains posées sur le pommeau de sa canne. Mort autant qu'on peut l'être.

On dit toujours que la vie est injuste, mais la mort l'est encore davantage, le mourir en tout cas. Certains souffrent et d'autres passent comme dans un soupir. La justice n'est pas de ce monde mais elle n'est pas de l'autre non plus. Destinat était parti sans bruit, et sans douleur, sans prévenir non plus. Il était parti seul, comme il avait vécu.

Le père Lurant me raconta qu'il eut un enterrement de ministre, avec tout ce que la région pouvait compter d'important et de beau. Les hommes étaient en habit noir, les femmes en teintes sombres, le visage effacé par une voilette grise. L'évêque s'était déplacé, ainsi que le préfet, un sous-secrétaire d'État. Tout le cortège se rendit au cimetière où un discours fut prononcé par celui qui avait pris la succession de Destinat. Puis Ostrane joua son rôle. Comme il se doit. Avec sa pelle et sa manie.

Quand je sortis de la clinique, la première chose que je fis, avant de rentrer à la maison, fut d'aller au cimetière, voir Clémence, et le voir. Je marchais très doucement, avec une raideur dans la jambe gauche qui depuis ne m'a jamais quitté et me fait ressembler à un ancien combattant, moi qui n'ai fait aucune guerre.

Je me suis assis sur la tombe de Clémence, et je lui ai raconté mon accident, ma peur de lui faire de la peine, mon sommeil long et doux, mon réveil décevant. J'ai nettoyé le marbre, arraché les trèfles qui couraient le long de la dalle, frotté de ma paume les lichens qui boursouflent la croix. Puis j'ai lancé un baiser, vers elle, dans l'air qui sentait bon l'humus et la prairie humide.

La tombe de Destinat disparaissait sous les couronnes de fleurs et de perles. Les premières achevaient de pourrir et répandaient leurs pétales rouillés sur le gravier environnant. Les secondes luisaient et accrochaient parfois un rayon de soleil qui les faisait se croire des diamants durant une seconde. Il y avait aussi des bouquets affaissés, des rubans, des plaques ornées, des cartons de visite dans des enveloppes demeurées closes. Je me suis dit que pour lui, ça y était, il était enfin au côté de sa femme. Il avait mis le temps. Le temps d'une vie. J'ai pensé aussi à sa haute figure, à son silence, à son mystère, à ce mélange de gravité et de distance qui émanait de toute sa personne, et je me suis demandé si j'étais là devant la tombe d'un assassin, ou devant celle d'un innocent.

XXIII

Quelques années plus tard, après l'enterrement de Barbe, je me suis dit qu'il était temps pour moi d'entrer dans le Château. La clef qu'elle m'avait confiée me faisait le seigneur d'un domaine orphelin. J'y suis allé, marchant du cimetière à la grande demeure comme si je m'acheminais vers ce qui m'attendait depuis si longtemps, et que je n'avais pas osé voir.

En tournant cette clef dans la haute porte, il m'a semblé décacheter l'enveloppe qui contenait le fin papier sur lequel, en lettres pâles, toute la vérité avait été inscrite depuis toujours. Et je ne parle pas seulement de la vérité de l'*Affaire*, je parle aussi de ma vérité à moi, de ce qui faisait que j'étais un homme, un homme marchant dans la vie.

Du vivant du Procureur, jamais je n'avais mis les pieds au Château. Pas pour moi. Un torchon parmi des mouchoirs de soie, voilà ce dont j'aurais eu l'air. Je m'étais contenté de le frôler, de tourner autour, de l'aviser de loin, dans son flamboiement continu de grand incendie, sa hauteur d'ardoises et de pignons en cuivre. Et puis, il y avait eu la mort de Lysia Verhareine, Destinat m'attendant en haut des marches, sur le perron, l'air effaré, et nous deux allant d'un pas de condamné vers la petite maison, montant vers la chambre...

Le Château, ce n'était pas la demeure d'un mort. C'était une demeure vide, ou vidée, tout simplement, vidée de sa vie depuis longtemps. Que le Procureur l'eût habitée, et Barbe, et *le Grave* aussi ne changeait rien à la chose : dès le vestibule, cette chose-là se sentait. Le Château était un lieu défunt, qui avait arrêté depuis des lustres de respirer, de résonner du bruit des pas, du son des voix, des rires, des rumeurs, des disputes, des rêves et des soupirs.

Au-dedans, il ne faisait pas froid. Il n'y avait pas de poussière, pas de toiles d'araignée, rien de ce fatras contre lequel on s'attend de buter lorsque l'on force les serrures des tombeaux. Le vestibule dans son pavement noir et blanc paraissait un immense damier de jeu de dames dont on aurait volé les pions. Il y avait des vases, des guéridons précieux, des consoles dorées sur lesquelles des couples de danseurs, figés dans leur porcelaine de Saxe, avaient suspendu pour des siècles leurs mouvements de menuet. Un grand miroir renvoyait à lui-même le visiteur, et je me découvris plus gros, plus vieux et plus laid que je ne m'étais figuré, apercevant face à moi une image déformée de mon père, comme une résurrection grotesque.

Dans un angle, un grand chien de faïence montait la garde, la gueule béante, les crocs d'un émail aveuglant, la langue épaisse et rouge. Du plafond, très haut et presque insoupçonnable, un lustre de trois tonnes au moins augmentait le sentiment de malaise de celui qui se trouvait en dessous. Au mur, face à la porte, un grand tableau tout en hauteur, dans les tons crème, argent et bleu, présentait une très jeune femme, dans une tenue de bal, le front ceint d'un diadème de perles, le teint, sous les vernis obscurcis par le temps, pâle malgré tout, la bouche d'un rose à peine marqué, l'œil affreusement mélancolique et qui se forçait à sourire, le corps élégamment dressé mais dans lequel se sentait un abandon poignant, une main occupée à ouvrir un éventail de nacre et de dentelle, tandis que l'autre s'appuyait sur la tête d'un lion de pierre.

Je suis resté de longues minutes à regarder celle que jamais je n'avais vue, celle que jamais je n'avais connue : Clélis de Vincey... Clélis Destinat. C'était elle au fond la maîtresse de maison, et qui me toisait muettement, moi le visiteur pataud. J'ai bien failli d'ailleurs tourner les talons et foutre le camp. De quel droit je venais là, remuer cet air immobile tout occupé de vieux fantômes ?

Mais la figure du portrait ne me paraissait pas hostile, juste étonnée et tout à la fois bienveillante. Je crois que je lui ai parlé, je ne sais plus au juste ce que je lui ai dit, cela n'a guère d'importance. C'était une morte d'un autre temps. Son habit, sa coiffure, son air, sa pose, faisaient d'elle comme une pièce somptueuse et friable d'un musée perdu. Son visage me rappelait d'autres visages, mais qui tournaient dans une ronde, mobiles, fugaces, imprécis dans leurs traits qui variaient sans cesse, tantôt vieillissant, tantôt rajeunissant, si bien que je ne parvenais pas dans cette sarabande à arrêter l'un ou l'autre d'entre eux pour bien le regarder, et le reconnaître.

Je me suis étonné que le Procureur n'eût jamais décroché le tableau. Je n'aurais pas pu vivre avec une grande image de Clémence, posée ainsi sous mes yeux, chaque jour et chaque heure. Ses portraits, je les ai détruits, jusqu'au dernier, jusqu'au plus petit. Je les ai lancées un jour dans le feu ces photographies menteuses, sur lesquelles rayonnait son clair sourire. Je savais qu'en les gardant, et en les regardant, j'aurais augmenté ma peine, comme on charge parfois une carriole déjà lourde, au risque de la faire verser dans le fossé.

Mais peut-être au fond que Destinat ne l'apercevait plus ce grand tableau, qu'il était devenu davantage une peinture que le portrait de la femme qu'il avait aimée et perdue ? Peut-être avait-il gagné cette existence de musée, cette désincarnation qui fait qu'on n'est jamais ému de regarder les figures sous les vernis tant on croit qu'elles n'ont jamais vécu, comme nous, et respiré, dormi, sué, souffert ?

Les persiennes à demi inclinées donnaient à toutes les pièces une ombre agréable. Tout était en ordre, rangé, impeccable, dans l'attente d'un propriétaire parti en villégiature, et qui allait revenir d'un jour à l'autre pour retrouver son lieu familier. Le plus curieux, c'est qu'aucun parfum ne flottait dans tout cela. Une maison sans odeurs est bien une maison morte.

Je suis resté longtemps, dans ce voyage singulier, comme un intrus sans gêne mais qui, sans y faire attention, suivait un cheminement bien balisé. Le Château devenait une coquille et je marchais lentement dans sa spirale, peu à peu me dirigeant vers son cœur, passant des pièces banales, cuisine, resserre, buanderie, lingerie, salon, salle à manger, fumoir, pour parvenir à la bibliothèque dont les murs étaient entièrement tapissés de beaux livres.

Elle n'était pas très grande : il y avait un bureau sur lequel étaient posés un nécessaire à écrire, une lampe-bouillotte, un coupe-papier très simple, un sous-main en cuir noir. De part et d'autre du bureau, deux amples fauteuils, profonds, aux accoudoirs qui partaient en l'air. L'un des deux fauteuils était comme neuf; l'autre au contraire gardait l'empreinte d'un corps; son cuir était craquelé, plus brillant par endroits aussi. Je me suis assis dans le neuf. On y était bien. Les fauteuils étaient disposés en vis-à-vis. Face à moi donc, celui dans lequel Destinat avait passé tant d'heures, à lire ou à ne penser à rien.

Tous les livres rangés sur les murs comme des soldats d'une armée de papier absorbaient les bruits du dehors. On n'entendait rien, ni le vent, ni la rumeur de l'Usine pourtant proche, ni le chant des oiseaux dans le parc. Sur le fauteuil de Destinat, un livre était ouvert, tête renversée sur l'accoudoir. C'était un très vieux livre, aux pages usées, cornées, que des doigts avaient sans doute tournées et retournées toute une vie durant. C'était un exemplaire des *Pensées* de Pascal. J'ai le livre à côté de moi. Je l'ai pris. Il est ouvert à la page même où je l'ai trouvé ouvert jadis, lors de ma visite du Château. Et dans cette page, encombrée de bondieuseries et de propos cafouilleux, il y a deux phrases qui jettent leur lumière comme des pendants d'or sur un tas de sanie, deux phrases soulignées au crayon par la main de Destinat, deux phrases que je sais par cœur :

« Le dernier acte est sanglant, quelque belle que soit la comédie en tout le reste. On jette enfin de la terre sur la tête, et en voilà pour jamais. »

Il y a des mots qui font froid dans le dos, et qui coupent les jambes et les bras. Ceux-là par exemple. Je ne sais pas la vie de Pascal, et puis d'ailleurs je m'en bats l'œil, mais sûr qu'il n'a pas dû l'apprécier outre mesure la comédie dont il parle. Comme moi. Comme Destinat sans doute. Il avait dû en boire du vinaigre lui aussi, et perdre trop tôt des visages aimés. Sinon, il n'aurait jamais pu écrire ça : quand on vit dans les fleurs, on ne pense pas à la boue.

Le livre à la main, je suis allé de chambre en chambre. Il y en avait. Toutes se ressemblaient au fond. C'étaient des chambres nues. Ce que je veux dire, c'est qu'elles avaient toujours été nues, qu'on les sentait délaissées, sans souvenirs, sans passé, sans écho. Elles avaient la tristesse des objets qui n'ont jamais servi. Il leur avait manqué un peu de bousculade, quelques écorchures, un souffle humain contre leurs vitres, le poids de corps lourds et fatigués dans leurs lits à baldaquin, des jeux d'enfants à même les tapis, des coups contre leurs portes, des larmes perdues dans leurs parquets.

Tout au bout d'un couloir se trouvait la chambre de Destinat, un peu à l'écart des autres, en retrait. Sa porte était d'ailleurs plus haute et plus austère, d'une couleur foncée tirant sur le grenat. Je sus tout de suite que c'était sa chambre. Ce ne pouvait être que là, au bout de ce couloir qui ressemblait à un passage, à une allée cérémonieuse qui obligeait à la prendre d'un certain pas, grave et prudent. Aux murs, de part et d'autre, des gravures : des bobines d'antiquité, des rogatons des siècles rancis, perruqués, la fraise autour du cou, la moustache fine, avec des inscriptions latines leur servant de collier. De vrais portraits de cimetière. J'ai eu l'impression que tous me regardaient avancer vers la grande porte. Je les ai traités de tous les noms, histoire de me donner du courage.

La chambre de Destinat n'avait rien de commun avec toutes celles que j'avais vues. Le lit était petit, étroit, fait pour une seule personne, et d'une simplicité de moine : des montants de fer, un matelas, pas de fanfreluches, pas de polonaise tombant du plafond. Rien. Les murs étaient simplement tendus de tissu gris, sans tableaux, sans décoration d'aucune sorte. Près du lit, une petite table sur laquelle était posé un crucifix. Au pied du lit, un nécessaire à toilette, broc, bassine. De l'autre côté, une chaise haute. Face au lit, un secrétaire sur lequel rien ne traînait. Aucun livre, aucun papier, aucune plume.

La chambre de Destinat lui ressemblait. Muette et froide, elle mettait mal à l'aise en même temps qu'on éprouvait pour elle une sorte de respect forcé. Elle avait puisé dans le sommeil de son hôte une distance incalculable qui faisait d'elle un endroit peu humain, condamné pour l'éternité à être imperméable au rire, à la joie, aux respirations heureuses. Son ordre même mettait l'accent sur les cœurs morts.

J'avais le livre de Pascal à la main. Je suis allé à la fenêtre : on y avait une belle vue sur la Guerlante, sur le petit canal, sur le banc où la mort était venue chercher Destinat, sur la petite maison dans laquelle avait vécu Lysia Verhareine.

J'étais au plus près de ce qui avait été la vie même de Destinat. Je ne parle pas de sa vie de Procureur, mais de sa vie du dedans, la seule véritable, celle qu'on masque sous les pommades, la politesse, le travail et les conversations. Tout son univers se résumait à ce vide, ces murs froids, ces meubles peu nombreux. J'avais devant moi la part la plus intime de l'homme. J'étais pour ainsi dire dans son cerveau. Pour un peu, je n'aurais pas été surpris de le voir soudain apparaître, et me dire qu'il m'attendait et que j'avais bien tardé. Cette chambre était si loin de la vie qu'y voir revenir un mort ne m'aurait pas étonné plus que ça. Mais les morts ont leurs occupations, qui ne rencontrent jamais les nôtres.

Dans les tiroirs du secrétaire étaient soigneusement rangées des éphémérides, toutes pages arrachées, dont il ne restait plus que les souches sur lesquelles apparaissait la date de l'année. Il y en avait des dizaines, qui témoignaient par leur maigreur de milliers de jours en allés, détruits, jetés à la poubelle comme le léger papier qui les avait représentés. Destinat les gardait. On a les chapelets qu'on peut.

Le plus grand des tiroirs était fermé à clef. Et je savais qu'il n'était pas besoin que je la cherche, cette petite clef qui devait être noire, et de forme curieuse, puisque je me doutais qu'elle était dans une tombe, accrochée au bout d'une chaîne au côté d'une montre, dans la poche à gousset d'un gilet dont il ne restait peut-être déjà plus que des lambeaux.

Avec mon couteau, je forçai le tiroir. Le bois céda en une gerbe d'éclisses.

Il n'y avait qu'un seul objet à l'intérieur, et je le reconnus tout de suite. Mon souffle s'arrêta. Tout devint irréel. C'était un petit carnet, rectangulaire et fin, recouvert d'un joli maroquin rouge. La dernière fois que je l'avais vu, il était dans les mains de Lysia Verhareine. C'était il y a des années. C'était le jour où j'étais monté sur la crête du coteau, et l'avais surprise à contempler le grand champ de mort. Il me sembla soudain qu'elle arrivait dans la pièce en riant, puis s'arrêtait, étonnée de ma présence.

Je pris très vite le carnet, j'avais peur qu'il me brûle, et je m'enfuis comme un voleur.

Je ne sais pas trop ce que Clémence aurait pensé de tout cela, si elle aurait trouvé ça bien, ou mal. Je me sentais honteux. Le carnet dans ma poche pesait d'un poids considérable.

J'ai couru, couru, me suis claquemuré dans la maison. Il m'a fallu boire, cul sec une demi-bouteille de goutte, pour retrouver mon souffle et un peu de mon calme.

Et j'ai attendu le soir, avec le petit carnet sur les genoux, n'osant pas l'ouvrir, le regardant ainsi des heures, comme quelque chose de vivant, de secret et de vivant. Le soir venu, j'avais la tête chaude. Je ne sentais plus mes jambes à force de les tenir serrées et immobiles. Je ne sentais que le carnet qui me faisait penser à un cœur, un cœur qui, j'en étais certain, allait se mettre à battre de nouveau quand j'allais effleurer sa couverture, et l'ouvrir. Un cœur dans lequel, cambrioleur d'un genre nouveau, j'allais entrer.

XXIV

Le 13 décembre 1914

Mon amour,

Je suis enfin proche de toi. Je suis arrivée aujourd'hui à P..., une petite ville qui n'est qu'à quelques kilomètres du front où tu te trouves. L'accueil qu'on m'y a réservé était des plus charmants. Le maire s'est précipité, comme si j'étais le Messie. L'école est à l'abandon. J'y remplacerai l'instituteur, gravement malade m'a-t-on dit. Son logement étant dans un état lamentable, il faudra me trouver un lieu où m'installer. Pour l'instant, je vais dormir à l'hôtel. Le maire m'y a conduit. C'est un gros paysan qui joue à être jeune homme. Tu le trouverais sans doute drôle. Tu me manques tant. Mais de te savoir près de moi, savoir que nous respirons le même air, voyons les mêmes nuages, le même ciel, tout cela me réconforte.

Prends soin de toi, fais bien attention. Je t'aime et t'embrasse tendrement.

Ta Lyse

Le 16 décembre 1914

Mon amour,

Je suis installée dans un merveilleux endroit, une maison de poupée dans un grand parc qui est celui d'une belle demeure. Les gens d'ici l'appellent le Château. *Ils exagèrent un peu, ce n'est pas un vrai château, mais l'endroit est charmant tout de même. C'est le maire qui a eu cette idée. Nous sommes allés ensemble voir le propriétaire du* Château, *qui est un vieux monsieur, veuf, procureur à V. Le maire lui exposa l'affaire tandis que je patientais devant la maison. Puis on me fit entrer. Le Procureur ne me dit pas un mot. Je lui souris et lui dis bonjour. Il resta avec ma main dans la sienne, très longtemps, comme surpris de me voir. Il se dégage de toute sa personne une tristesse infinie. À la fin, il donna au maire son accord, me salua et nous quitta.*

La petite maison n'a pas été habitée depuis longtemps. Il faut que j'y mette bon ordre. J'aimerais que tu la voies un jour. Tu me manques tant. Tu peux m'écrire à mon nom à l'adresse du Château, rue des Champs-Fleury, P... *J'ai hâte d'avoir de tes nouvelles. Ta dernière lettre remonte maintenant à trois semaines. J'espère que tu ne souffres pas trop, malgré ce froid. Ici, on entend le canon jour et nuit. Tout mon être tressaille. J'ai peur. Je t'aime et t'embrasse tendrement.*

Ta Lyse

Le 23 décembre 1914

Mon amour,

Je suis tellement inquiète : toujours pas de nouvelles de toi, et ce canon qui ne cesse jamais. On disait pourtant que la guerre durerait peu. Si tu savais comme j'ai envie de tes bras, de me serrer dans tes bras, et voir ton sourire, tes yeux. Je veux être ta femme. Je veux vite la fin de cette guerre pour devenir ton épouse, et te faire de beaux enfants qui te tireront la moustache ! Ah, si tes parents et les miens avaient été moins bêtes l'an passé, nous serions déjà l'un à l'autre, pour la vie... Si jamais tu leur écris, ne leur dis pas où je me trouve. Je suis partie sans qu'ils le sachent. Ils n'existent plus pour moi.

Ici, je prends mon nouveau métier à cœur. Les enfants sont dociles. Je les aime bien et je crois qu'ils m'aiment bien. Beaucoup m'apportent de petits cadeaux, un œuf, des noix, un morceau de lard. Je me sens en paix avec eux, et j'oublie un peu ma solitude.

Tristesse *(c'est le surnom que j'ai donné à mon hôte le Procureur) m'attend chaque jour, lorsque je rentre. Il se promène dans son parc, me salue. Je lui rends son salut, et lui donne un sourire. C'est un homme seul, vieux et froid. Sa femme est morte lorsqu'ils étaient très jeunes.*

Bientôt Noël... Souviens-toi de notre dernier Noël, comme nous étions heureux ! Écris-moi vite mon amour, écris-moi...

Je t'aime et t'embrasse tendrement.

Ta Lyse

Le 7 janvier 1915

Mon amour,

Enfin ta lettre ! Elle est arrivée aujourd'hui alors que tu l'as écrite le 26 décembre. Et dire que nous sommes si proches l'un de l'autre. Tristesse *me l'a remise personnellement. Il doit se douter de ce dont il s'agit, mais il n'a posé aucune question. Il a frappé à ma porte, m'a saluée, m'a donné l'enveloppe puis est parti.*

J'ai lu tes mots en pleurant de joie. J'ai ta lettre contre mon cœur, oui contre mon cœur, à même ma peau, et j'ai l'impression que c'est toi qui es là, avec ta chaleur et ton parfum, je ferme les yeux...

J'ai tellement peur pour toi. Ici, il y a une clinique où arrivent beaucoup de blessés. Il y en a tous les jours des camions entiers. Je crains tellement de t'y reconnaître. Les pauvres sont dans des états inhumains, certains n'ont plus de visage, d'autres gémissent comme s'ils avaient perdu la raison.

Protège-toi mon amour, pense à moi, je t'aime et veux être ta femme. Je t'embrasse tendrement.

Ta Lyse

Le 23 janvier 1915

Mon amour,

Tu me manques. Combien de mois déjà sans te voir, sans te parler, sans te toucher... Pourquoi donc n'obtiens-tu pas de permission ? Je suis bien triste. J'essaie de faire bonne figure auprès des enfants, mais parfois je sens les larmes monter en moi, alors je me tourne vers le tableau, pour qu'ils ne se doutent de rien, et je trace des lettres.

Je n'ai pourtant pas à me plaindre. Tout le monde est gentil avec moi ici, et je me sens bien dans cette petite maison. Tristesse *garde toujours avec moi cette distance respectueuse, mais ne manque jamais de se trouver sur mon chemin pour me saluer au moins une fois par jour. Hier, je ne sais pas si c'est par la faute du froid, mais je crois qu'il a rougi. Il a une vieille servante, Barbe, qui est là avec son mari. Je m'entends bien avec elle. Parfois je partage leur repas.*

J'ai pris l'habitude chaque dimanche de monter sur le faîte du coteau. Il y a là un grand pré et on découvre tout l'horizon. Tu es là-bas mon amour. On voit des fumées, d'horribles explosions. Je reste aussi longtemps que je le peux, jusqu'à ne plus sentir ni mes pieds ni mes mains tant le froid est vif, mais je veux un peu partager tes souffrances. Mon pauvre amour... Combien de temps cela durera-t-il encore ?

Je t'embrasse tendrement. J'attends tes lettres.

Ta Lyse qui t'aime

XXV

Dans le petit carnet de maroquin rouge, il y avait ainsi quantité de pages couvertes d'une fine écriture penchée qui ressemblait à une frise délicate. Quantité de pages qui reproduisaient quantité de lettres adressées par Lysia Verhareine à celui qu'elle aimait et qu'elle avait suivi.

Il avait pour nom Bastien Francœur, vingt-quatre ans, caporal au 27e d'infanterie. Chaque jour elle lui écrivait. Elle lui disait les heures longues, les rires des enfants, les rougeurs de Destinat, les présents de Martial Maire, l'innocent pour lequel elle était devenue une grande divinité, le printemps qui venait poser dans le parc les primevères et les crocus. Elle lui disait tout cela, de sa petite main légère, avec des phrases aussi légères derrière lesquelles, pour qui l'avait un peu connue, on devinait son sourire. Elle disait surtout son amour et sa solitude, ce déchirement qu'elle nous masquait si bien, nous qui la croisions chaque jour et qui jamais ne nous étions doutés de rien.

Le carnet ne contenait pas les lettres de son amoureux. Du reste, elle en reçut peu : neuf en huit mois. Elle les comptait bien sûr. Elle les gardait, les relisant sans cesse. Où les gardait-elle ? Peut-être près de son cœur, tout contre elle, à même sa peau, comme elle l'écrit.

Peu de lettres, pourquoi ? Pas le temps ? Pas le lieu ? Ou pas d'envie ? On sait toujours ce que les autres sont pour nous, mais on ne sait jamais ce que nous sommes pour les autres. L'aimait-il autant qu'elle l'aimait son Bastien ? J'aimerais le croire, mais au fond je n'en suis pas sûr.

Toujours est-il que la petite institutrice vivait de cette correspondance, que son sang passait dans ses mots, et que la lumière de la maison devait briller tard, tandis qu'après avoir corrigé les cahiers de ses élèves, elle prenait la plume pour écrire sa lettre, puis la recopier dans le carnet de maroquin rouge. Car toutes avaient été recopiées, comme si elle avait eu besoin d'écrire aussi ce grand journal de l'absence, ce calendrier des jours orphelins qu'elle passait loin de celui pour lequel elle s'était exilée parmi nous, un peu comme les pages que Destinat arrachait à ses éphémérides.

Tristesse est un nom qui revenait souvent. Je crois qu'elle s'était prise d'affection pour l'homme froid et seul qui l'hébergeait. Elle en parlait avec une ironie tendre, notant sans être dupe ses efforts pour lui être agréable, moquant sans trop de méchanceté sa face qui s'empourprait parfois, ses bégaiements, ses accoutrements, ses promenades circulaires autour de la petite maison, ses regards levés vers la fenêtre de sa chambre. *Tristesse* l'amusait, et je crois que je peux jurer sans me tromper que Lysia Verhareine fut bien le seul être humain que le Procureur parvint à amuser dans sa vie.

Le fameux repas que m'avait raconté Barbe, la jeune fille l'évoquait dans une longue lettre, à la date du 15 avril 1915 :

Mon amour,

Hier au soir, j'étais invitée à la table de Tristesse. *C'était la première fois. Tout s'est fait dans les règles : j'avais trouvé sous ma porte un petit carton, il y a trois jours :* « Monsieur le Procureur Pierre-Ange Destinat prie Mademoiselle Lysia Verhareine de bien vouloir accepter son invitation à dîner, le 14 avril à 8 heures ». *Je me suis préparée pour un repas en société, et nous n'étions que tous les deux, lui et moi, en tête à tête, dans une immense salle à manger où pourraient se tenir soixante personnes ! Un vrai repas d'amoureux ! Je te taquine !* Tristesse, *je te l'ai dit, est presque un vieillard. Mais hier, il ressemblait à un ministre, ou à un chancelier, droit comme un* I *dans un frac digne d'une soirée à l'Opéra ! La table était éblouissante, la vaisselle, la nappe, l'argenterie, j'avais l'impression d'être... je ne sais pas, à Versailles peut-être !*

Ce n'est pas Barbe qui servait, mais une très jeune enfant. Quel âge pouvait-elle avoir ? Huit ans, neuf ans peut-être. Elle prenait très à cœur son rôle, et semblait habituée à le tenir. Elle pointait parfois le bout de sa langue entre ses lèvres, ainsi que le font les enfants quand ils veulent s'appliquer. Parfois mon regard croisait le sien et elle me souriait. Tout cela était un peu étrange, ce tête-à-tête, ce repas, la fillette. Barbe m'a appris aujourd'hui que l'enfant était la fille d'un aubergiste de V., et qu'on l'appelle Belle, *ce qui lui va à ravir. C'est son père qui avait préparé le repas, et tout était superbe, même si nous n'avons guère touché aux plats. Je ne crois pas avoir jamais vu pareil festin, mais j'ai soudain un peu honte de te parler de cela, alors que tu dois manger très mal, et peut-être pas à ta faim ! Pardonne-moi mon amour, je suis sotte... J'essaie de te divertir et ne fais que répandre le sel dans une plaie... Tu me manques tant. Pourquoi ne m'écris-tu pas davantage ? Ta dernière lettre remonte à plus de six semaines... Et toujours pas de permission... Je sais pourtant qu'il ne t'est rien arrivé, je le sens, je le sens. Écris-moi mon amour. Tes mots m'aident à vivre, comme m'aide à vivre d'être près de toi, même si je ne te vois pas, même si je ne peux te serrer dans mes bras.* Tristesse *durant ce dîner a été peu bavard. Il était timide comme un adolescent, et parfois, quand je le regardais un peu longuement, il rougissait. Lorsque je lui ai demandé si sa solitude ne lui pesait pas trop, il a semblé réfléchir longuement puis a dit, d'une voix grave et douce :* « Être seul, c'est la condition de l'homme, quoi qu'il advienne. » *J'ai trouvé cela très beau, et très faux à la fois : tu n'es pas à mes côtés, mais c'est comme si je te sentais à chaque seconde, et je te parle souvent, à haute voix. Un peu avant minuit, il m'a raccompagnée jusqu'à la porte, et m'a fait un baisemain. J'ai trouvé cela très romantique, et poussiéreux aussi !*

Oh mon amour, combien de temps encore durera cette guerre ? Parfois, la nuit, je rêve que tu es à mes côtés, je te sens, je te touche dans mon sommeil. Et le matin, je n'ouvre pas les yeux tout de suite, pour être plus longtemps dans le rêve, et croire que tout cela est la vraie vie, et ce qui m'attend le jour, seulement un cauchemar.

Je me meurs de ne pas être dans tes bras.

Je t'embrasse aussi fort que je t'aime.

Ta Lyse

Au fur et à mesure que le temps passait, les lettres de la jeune institutrice prenaient les couleurs de l'amertume, de l'abattement, de la haine parfois. Elle qu'on avait vue toujours avec son sourire de lumière, le mot gentil pour chacun, avait le cœur qui se remplissait de fiel et de douleur. Ses lettres disaient de plus en plus son dégoût à voir les hommes de la ville, tous ceux qui allaient à l'Usine, bien propres, bien nets, bien frais. Même les blessés de la clinique qui traînaient dans les rues en prenaient pour leur grade : elles les appelaient *les Chanceux*. Mais celui qui détenait la palme tout de même, qui s'en prenait plein le museau, c'était ma pomme. Ça m'a fait quelque chose de lire la lettre où il est question de moi. Elle avait été écrite le soir du fameux jour où je l'avais vue sur la crête du coteau, à regarder la plaine au loin comme pour y trouver un sens à sa vie.

Le 4 juin 1915

Mon amour,

Tes lettres sont fines comme du papier buvard, tant je les déplie, replie, lis et relis, et pleure sur elle... J'ai mal, sais-tu ? Le temps me paraît un monstre né pour éloigner ceux qui s'aiment, et les faire souffrir infiniment. Comme elles sont chanceuses, ces épouses que je vois chaque jour et qui sont séparées de leurs époux pour quelques heures seulement, et ces enfants de l'école, qui ont leur père près d'eux, toujours.

Aujourd'hui, comme chaque dimanche, je suis montée sur le coteau, je suis venue près de toi. J'ai marché sur le sentier sans rien voir que tes yeux, sans respirer d'autre parfum que le tien, qui reste dans ma mémoire. Là-haut, un grand vent amenait le bruit des canons. Cela tapait, tapait, tapait... J'ai pleuré de te savoir sous ce déluge de fer et de feu dont j'apercevais les sinistres fumées, les éclairs. Mon amour, où étais-tu ? où es-tu ? Je suis restée, longtemps, comme à l'habitude, je ne pouvais détacher mon regard de cet immense champ de souffrances dans lequel depuis des mois tu vis.

Soudain, j'ai senti une présence dans mon dos. C'était un homme, je le connais de vue, il est policier, et je me suis toujours demandé ce qu'il pouvait bien faire dans cette petite ville, il est plus vieux que toi, mais il est jeune encore. Lui est du bon côté, du côté des lâches. Il me regardait bêtement, comme s'il avait surpris une scène interdite. Il tenait dans sa main un fusil, pas un fusil comme le tien qui sert à tuer des hommes ou à se faire tuer, non un fusil de chasse je pense, un fusil ridicule de théâtre ou d'enfant. Il ressemblait à un bouffon de comédie. Je l'ai haï à ce moment plus que tout au monde. Il a bredouillé des mots que je n'ai pas compris. Je lui ai tourné le dos.

Je donnerais la vie de milliers d'hommes comme lui pour quelques secondes dans tes bras.

Je donnerais leur tête tranchée, je la trancherais moi-même pour retrouver sur ma bouche tes baisers, retrouver tes mains et tes regards. Il ne m'importe pas d'être odieuse. Je me moque des jugements, de la morale, des autres. Je tuerais pour que tu sois vivant. Je hais la mort parce qu'elle ne choisit pas.

Écris-moi mon amour, écris-moi.

Chaque jour sans toi est une âpre souffrance...

Ta Lyse

Je ne lui en ai pas voulu. Elle avait trop raison. J'avais bien été le couillon qu'elle disait, et je l'étais sans doute encore. Et puis, moi aussi j'aurais tué pour que Clémence soit en vie. Moi aussi j'ai trouvé les vivants odieux. Je parie que le Procureur pensait de même. Je parie que la vie lui semblait un crachat lancé à sa face.

J'ai parcouru le carnet comme une route qui passait peu à peu d'une campagne fleurie à des étendues barbares, pleines de pus, d'acides et de sang, de bile noire, de mares en feu. Les jours qui fuyaient changeaient Lysia Verhareine, même si nous autres n'avions rien vu. La belle jeune fille, délicate et douce, devenait en elle-même un être hurlant dans le silence et se déchirant les entrailles. Un être qui tombait. Qui n'arrêtait pas de tomber.

Dans certaines lettres, c'est à son fiancé qu'elle s'en prenait, lui reprochant son silence, ses lettres rares, doutant de son amour. Mais dès le jour suivant, elle lui faisait des guirlandes d'excuses et se jetait à ses pieds. Ce n'est pas pour autant qu'il lui écrivait plus.

Je ne saurai jamais dans quel camp il était, Bastien Francœur : celui des salauds ou celui des justes. Je ne saurai jamais l'éclat de son regard quand il avait dans ses mains une lettre de Lysia, qu'il l'ouvrait et la lisait. Je ne saurai jamais s'il les gardait sur lui, comme une armure d'amour et de papier, dans la tranchée, alors que l'assaut allait être donné, et que toute sa vie revenait soudain dans sa tête comme un manège grimaçant. Je ne saurai jamais s'il les parcourait d'un air lassé, ou en riant, puis les envoyait rouler chiffonnées dans une flaque de boue.

La dernière lettre, la dernière page du carnet était datée du 3 août 1915. C'était une lettre courte, où elle disait toujours son amour, en mots simples, où elle parlait aussi de l'été, de ces jours immenses, si beaux, et occupés de rien pour qui est seul et attend. Je retranscris. J'abrège un peu, pas trop. Je pourrais la recopier mais je ne veux pas. C'est déjà assez que Destinat et moi, nous ayons posé nos yeux sur le carnet, comme si on avait regardé un corps nu. Pas la peine que d'autres voient, surtout la dernière lettre, qui est comme sacrée, un adieu au monde, les dernières paroles, même si en les écrivant, la jeune institutrice ne pouvait pas se douter que ce seraient les dernières.

Et puis après cette lettre, il n'y a plus rien. Il n'y a que du blanc, des pages et des pages blanches. Le blanc de la mort.

La mort écrite.

XXVI

Quand je dis qu'il n'y a plus rien, je mens. Je mens doublement.

Il y a d'abord une lettre, mais une lettre qui n'est pas de Lysia. Une petite feuille glissée dans le carnet, après ses derniers mots à elle. Elle a été rédigée par un certain capitaine Brandieu. Elle date du 27 juillet 1915, mais elle a dû arriver au Château le 4 août. C'est sûr.

Voici ce qu'il dit le capitaine :

Mademoiselle,

Je vous écris pour vous annoncer une bien triste nouvelle : il y a dix jours, lors d'un assaut dirigé vers les lignes ennemies, le caporal Bastien Francœur a été touché à la tête par une rafale de mitrailleuse. Secouru par ses hommes, il a été ramené dans notre tranchée où un infirmier n'a pu que constater la gravité extrême de ses blessures. Le caporal Francœur est malheureusement décédé dans les minutes qui ont suivi, sans avoir repris connaissance.

Je puis vous assurer qu'il est mort en soldat. Voici des mois qu'il était sous mes ordres, et il s'est toujours comporté avec vaillance, se portant constamment volontaire pour les missions les plus dangereuses. Il était aimé de ses hommes, et apprécié de ses chefs.

J'ignore quelle était la nature de vos relations avec le caporal Francœur, mais comme plusieurs lettres de vous sont arrivées depuis son décès, j'ai jugé bon de vous avertir, en plus de sa famille, de sa tragique issue.

Sachez, Mademoiselle, que je comprends votre peine, et je vous prie de recevoir mes plus sincères condoléances.

Capitaine Charles-Louis Brandieu

C'est étrange comme la mort peut arriver. Il n'y a pas que le couteau, la balle ou l'obus : une petite lettre peut suffire, une simple lettre pleine de bons sentiments et de compassion tue aussi sûrement qu'une arme.

Lysia Verhareine a reçu cette lettre. L'a lue. Je ne sais pas si elle a crié, pleuré, hurlé, s'est tue. Je ne sais pas. Tout ce que je sais, c'est que quelques heures plus tard, nous étions le Procureur et moi dans sa chambre, et qu'elle était morte, et que nous nous regardions sans comprendre, enfin, moi sans comprendre : lui savait déjà, ou allait savoir puisqu'il avait pris le carnet de maroquin rouge.

Pourquoi l'avait-il pris d'ailleurs ? Pour prolonger la conversation du dîner, pour continuer à être dans ses sourires et ses mots ? Sans doute.

Mort le soldat, l'amoureux, celui pour qui elle avait tout quitté, celui pour qui chaque dimanche, elle montait sur la crête, celui pour qui chaque jour elle prenait la plume, celui qui faisait battre son cœur. Et lui, qui avait-il vu quand la mort lui a tapé dans le crâne ? Lyse ? Une autre ? Rien ? Mystère et boule de gomme.

J'ai souvent imaginé Destinat lisant et relisant le carnet, venant dans cet amour écrit qui devait lui faire mal, se voir appeler *Tristesse*, se voir moqué, mais d'une moquerie douce, aimable, tendre – il ne s'en prenait pas plein la gueule comme moi, lui !

Oui, lire et relire, sans cesse, comme on tourne et retourne un sablier, et passer son temps à regarder le sable s'écouler, et rien d'autre.

J'ai dit tout à l'heure que je mentais doublement : il n'y avait pas que la lettre glissée dans le carnet. Il y avait aussi trois photographies. Trois, collées l'une à côté de l'autre, à la dernière page. Et cette petite scène de cinématographe immobile, c'était Destinat qui l'avait composée.

Sur la première, on reconnaissait le modèle qui avait servi au peintre pour le grand portrait placé dans l'entrée du Château : Clélis de Vincey pouvait avoir là dix-sept ans peut-être. On la voyait au milieu d'une prairie parsemée d'ombellifères, de celles qu'on surnomme *reines-des-prés*. La jeune fille riait. Elle était en habit de campagne, et toute son élégance se trouvait rehaussée par la simplicité des vêtements. Un chapeau à large bord jetait une ombre noire sur la moitié de son visage, mais ses yeux à la lumière, son sourire, l'éclat de soleil sur sa main tenant le bord du chapeau que le vent soulevait, tout cela donnait à son visage une grâce éblouie. La véritable *reine* du pré, c'était bien elle.

La deuxième photographie avait été découpée, comme l'indiquaient les bords lisses à gauche et à droite, et dans l'étrange format, tout en hauteur, une fillette heureuse regardait droit devant elle. Le ciseau de Destinat avait ainsi isolé *Belle de jour* de la photographie que lui avait donnée Bourrache. « Une vraie Sainte Vierge », m'avait dit le père. Et il avait raison. Le visage de la petite offrait quelque chose de religieux, de beauté sans artifice, de bonne beauté, de simple splendeur.

Sur la troisième photographie, Lysia Verhareine, adossée contre un arbre, les mains posées à plat sur l'écorce, le menton un peu relevé, la bouche à demi ouverte, paraissait attendre le baiser de celui qui la contemplait et avait pris le cliché. Elle était telle que je l'avais connue. Il n'y avait que l'expression qui changeait. Elle ne nous l'avait jamais offert ce sourire-là, jamais. C'était celui du désir, de l'amour fou, à ne pas se tromper, et la regarder de cette façon troublait beaucoup, je le jure, car elle était soudain sans masque, et on comprenait qui elle était vraiment, et de quoi elle était capable, pour celui qu'elle aimait, ou contre elle-même.

Le plus bizarre tout de même dans tout ça, et ce n'est pas la gnôle que j'avais bue qui me le faisait voir, c'était l'impression de contempler trois portraits d'un même visage, mais saisi en des âges différents, en des époques variées aussi. *Belle de jour*, Clélis, Lysia étaient comme trois incarnations de la même âme, une âme qui avait donné aux chairs qu'elle avait revêtues un sourire identique, une douceur et un feu à nul autre pareils. La même beauté, venue et revenue, née et détruite, apparue et en allée. Les voir ainsi côte à côte donnait le tournis. On passait de l'une à l'autre, mais on retrouvait la même. Il y avait dans tout cela quelque chose de pur et de diabolique, un mélange de sérénité et d'effroi. On pouvait presque croire, devant tant de constance, que ce qui est beau demeure, quoi qu'il en soit, malgré le temps, et que ce qui fut reviendra.

J'ai pensé à Clémence. Il m'a semblé soudain que j'aurais pu ajouter une quatrième photographie, pour que la ronde soit complète. Je devenais fou. J'ai fermé le carnet. J'avais trop mal à la tête. Trop de pensées. Trop de tempêtes. Et tout cela par la faute de trois petites photographies, mises l'une contre l'autre, par un vieil homme seul et qui connaissait l'ennui.

J'ai failli tout brûler.

Je ne l'ai pas fait. Habitude du métier. On ne détruit pas les preuves. Mais preuves de quoi ? Qu'on ne savait pas voir les vivants ? Qu'aucun de nous n'avait jamais dit : « Tiens, la petite de Bourrache ressemble à Lysia Verhareine, comme deux gouttes ! » Que Barbe ne m'ait jamais dit : « La petite institutrice, c'était tout le portrait de feue Madame ! »

Mais peut-être qu'il n'y avait que la mort qui pouvait révéler cela ! Peut-être qu'il n'y avait que le Procureur et moi pour le voir ! Peut-être que tous les deux, on était pareils, fous pareil !

Quand je songe aux deux longues mains, fines, soignées, pleines de tavelures et tout en tendons, de Destinat, quand je les vois, par une fin d'après-midi d'hiver, serrer le cou fragile et mince de *Belle de jour*, tandis que sur le visage de l'enfant s'efface son sourire et vient dans ses yeux une grande question, quand j'imagine cela, cette scène qui a eu lieu, qui n'a pas eu lieu, je me dis que Destinat n'étranglait pas une enfant, mais un souvenir, une souffrance, que soudain dans ses mains, sous ses doigts, c'était le fantôme de Clélis, et celui de Lysia Verhareine, à qui il tentait de tordre le cou pour s'en débarrasser à jamais, pour ne plus les voir, ne plus les entendre, ne plus les approcher dans ses nuits sans jamais pouvoir les atteindre, ne plus les aimer en vain.

Il est si difficile de tuer les morts. De les faire disparaître. Combien de fois ai-je tenté de le faire. Tout serait tellement plus simple s'il en allait autrement.

D'autres visages seraient ainsi venus dans le visage de l'enfant, de cette enfant croisée par hasard, à la toute fin d'une journée de neige et de gel, tandis que la nuit commençait à venir, et avec elle, toutes les ombres douloureuses. Se seraient soudain confondus l'amour et le crime, comme si, là, on ne pouvait tuer que ce qu'on aimait. Rien que cela.

J'ai vécu longtemps avec cette idée de Destinat, en assassin par erreur, par illusion, par espoir, par mémoire, par effroi. C'était beau je trouvais. Ça n'enlevait rien au meurtre, mais ça le faisait devenir éblouissant, ça le tirait du sordide. Criminel et victime devenaient des martyrs : c'est rare.

Et puis un jour, une lettre m'est parvenue. Les lettres, on sait quand elles partent. On ne sait pas pourquoi elles n'arrivent jamais, pourquoi elles mettent si longtemps. Peut-être que le petit caporal écrivait lui aussi tous les jours à Lysia Verhareine ? Peut-être que ses lettres sont en train de tourner, quelque part, de prendre des chemins de traverse, des allées perdues, des labyrinthes, tandis que tous deux sont morts depuis longtemps ?

La lettre dont je parle maintenant avait été postée de Rennes, le 23 mars 1919. Elle avait mis six ans pour venir. Six ans pour traverser la France.

C'était un collègue qui me l'adressait. Il ne me connaissait pas, et je ne le connaissais pas. Il avait dû envoyer la même à tous les types comme moi, qui somnolaient dans de petites villes près de ce qui avait été le front pendant la guerre.

Ce qu'il voulait Alfred Vignot – c'était son nom – c'était retrouver la trace d'un gars qu'il avait perdu de vue depuis 1916. On en recevait souvent de pareilles demandes, des mairies, des familles, des gendarmes. La guerre avait été un grand bouillon, qui avait brassé des centaines de milliers d'hommes. Certains étaient morts, d'autres avaient survécu. Certains étaient rentrés chez eux, d'autres avaient voulu refaire leur vie, ni vu ni connu. La grande boucherie n'avait pas seulement haché des corps et des esprits; elle avait aussi permis à un petit nombre de se faire porter disparus, et d'aller tâter l'air bien loin de leur pays. Bien malin celui qui pouvait prouver qu'ils étaient vivants. D'autant que changer de nom et de papiers avait été simple comme bonjour. Des gars qui n'en auraient jamais plus besoin de leurs noms et de leurs papiers, il y en avait eu près d'un million et demi : ça laisse le choix ! Beaucoup de salopards avaient ainsi éclos de nouveau, tout beaux tout propres, loin des lieux qui les avaient vus sales.

Son disparu à Vignot, il avait un mort sur la conscience, ou plutôt, une morte, qu'il avait torturée méticuleusement – il y avait les détails dans la lettre – avant de l'étrangler et de la violer. Le crime avait eu lieu au mois de mai 1916. Et il avait fallu trois ans à Vignot pour boucler son enquête, réunir les preuves, être sûr de son fait. La victime s'appelait Blanche Fen'vech. Elle avait dix ans. On l'avait retrouvée près d'un chemin creux, jetée au bas d'un fossé, à moins d'un kilomètre du village de Plouzagen. C'est là qu'elle habitait. Elle était partie comme chaque soir pour rechercher quatre malheureuses vaches dans un parc. Le gars que recherchait Vignot, je n'avais pas besoin de le lire pour le deviner. Depuis que j'avais ouvert l'enveloppe, il y avait eu comme du mouvement autour de moi et dans ma tête.

Il s'appelait Le Floc, son meurtrier, Yann Le Floc. Il avait dix-neuf ans au moment des faits. C'était mon petit Breton.

Je n'ai pas répondu à Vignot. À chacun sa merde ! Il avait sans doute raison sur Le Floc, mais ça ne changeait rien. Les petites étaient mortes, celle de Bretagne, celle de chez nous. Et le gosse était mort aussi, fusillé dans les règles. Et puis, en moi-même, je me disais que Vignot pouvait se tromper, qu'il avait peut-être ses raisons pour mettre son histoire sur le dos de ce gamin, comme les ordures de Mierck et de Matziev avaient eu les leurs. Comment savoir ?

L'étrange aussi, c'est que je m'étais habitué à vivre dans le mystère, dans le doute, la pénombre, l'hésitation, l'absence de réponses et de certitudes. Répondre à Vignot aurait fait disparaître tout ça : d'un coup, il y aurait eu la lumière, qui rendait blanc Destinat, qui plongeait le petit Breton dans le noir. Trop simple. L'un des deux avait tué, c'est sûr, mais l'autre aurait pu le faire, et au fond, entre l'intention et le crime, la différence était nulle.

J'ai pris la lettre de Vignot et je me suis allumé une pipe avec. Pfuuutt ! Fumée ! nuage ! cendres ! néant ! Continue à chercher mon homme, que je ne sois pas le seul dans ce cas ! C'était peut-être de la vengeance, au fond. Une façon de me dire que je n'étais pas seul à fouiller la terre avec mes ongles et à rechercher des morts pour les faire causer. Même dans le vide, on a besoin de savoir qu'il y a d'autres hommes qui nous ressemblent.

XXVII

Voilà, on arrive à la fin. La fin de l'histoire, et la mienne. Les tombes, comme les bouches, sont closes depuis longtemps, et les morts ne sont plus que des noms à demi effacés sur des pierres : *Belle de jour*, Lysia, Destinat, *le Grave*, Barbe, Adélaïde Siffert, le petit Breton et l'ouvrier typographe, Mierck, Gachentard, la femme de Bourrache, Hippolyte Lucy, Mazerulles, Clémence... Souvent, je les imagine, toutes et tous, dans le froid de la terre et sa pleine obscurité. Je sais que leurs yeux sont creux et vides depuis longtemps et que leurs mains entrelacées n'ont plus de chair.

Si on voulait savoir à quoi j'ai occupé toutes ces années, ce temps qui m'a fait arriver jusqu'aujourd'hui, je ne pourrais pas trop répondre. Je n'ai pas vu les années, même si toutes m'ont paru très longues. J'ai entretenu une flamme, et j'ai interrogé le noir, sans jamais obtenir que des bouts de réponses, incomplets et peu bavards.

Toute ma vie tient à ce dialogue avec quelques morts. Cela a suffi à me faire aller dans l'existence, à attendre la fin. J'ai parlé à Clémence. J'ai évoqué les autres. Il y a peu de jours où je ne les ai fait apparaître contre moi pour reprendre leurs gestes et leurs paroles et me demander si je les avais bien entendus comme il fallait.

Quand je croyais avoir trouvé enfin une lueur, bien vite venait autre chose qui soufflait la lumière, et agitait des cendres autour de mes yeux. Tout était à reprendre.

Mais peut-être est-ce cela qui m'a fait durer, ce dialogue à une voix, toujours la même, toujours la mienne, et l'opacité de ce crime qui n'a peut-être de coupable que l'opacité de nos vies mêmes. C'est bien curieux la vie. Sait-on jamais pourquoi nous venons au monde, et pourquoi nous y restons ? Fouiller l'*Affaire* comme je l'ai fait, c'était sans doute une façon de ne pas me poser la vraie question, celle qu'on refuse tous de voir venir sur nos lèvres et dans nos cerveaux, dans nos âmes, qui ne sont, il est vrai, ni blanches ni noires, mais grises, *joliment grises* comme me l'avait dit jadis Joséphine.

Quant à moi je suis là. Je n'ai pas vécu. J'ai survécu seulement. Un frisson me vient. J'ouvre une bouteille de vin, et je bois en ruminant des morceaux de temps perdu.

J'ai tout dit je crois. Tout dit de ce que je pensais être. Je t'ai tout dit ou presque. Il ne me reste qu'une seule chose à dire, la plus difficile peut-être, celle que jamais je n'ai murmurée à Clémence. C'est pour cela qu'il faut que je boive encore, pour avoir le courage de dire cela, de te le dire à toi, Clémence, puisque c'est pour toi seule que je parle et j'écris, depuis le début, depuis toujours :

Tu sais, le petit, notre petit, je n'ai pas pu lui donner de nom, ni même le regarder vraiment. Je ne l'ai même jamais embrassé comme un père aurait dû le faire.

Une sœur en cornette, grande et sèche comme un fruit d'automne oublié dans un four, me l'a porté, une semaine après ta mort. Elle m'a dit : « C'est votre enfant. Le vôtre. Il vous faut l'élever. » Puis elle m'a mis le paquet blanc dans les bras avant de s'en retourner. L'enfant dormait. C'était tout chaud et ça sentait le lait. Ça devait être doux. Son visage dépassait des linges qui l'entouraient comme un jésus de crèche. Ses paupières étaient closes, ses joues rondes, si rondes que sa bouche y disparaissait dedans. J'ai cherché dans ses traits ton visage, comme un souvenir de toi que tu m'aurais donné par-delà ta mort. Mais il ne ressemblait à rien, en tout cas pas à toi. Il ressemblait à tous les nourrissons, ceux qui viennent d'arriver devant le jour après une longue nuit douillette passée dans un endroit qu'on oublie tous. Oui, c'était un des leurs. Un innocent, comme on dit. L'avenir du monde. Un petit d'hommes. La perpétuation de la race. Mais pour moi, il n'était rien de tout cela, il était simplement ton assassin, un petit assassin sans conscience et sans remords, avec lequel il me faudrait vivre alors que tu n'étais plus là, qu'il t'avait tuée pour venir vers moi, qu'il avait joué des coudes et du reste afin d'être seul, seul face à moi et que jamais plus je ne verrais ton visage ni n'embrasserais ta peau, tandis que lui grandirait chaque jour, ferait des dents pour continuer à tout dévorer, aurait des mains pour prendre les choses et des yeux pour les voir, et puis, plus tard, des mots, des mots pour dire son gros mensonge à qui voudrait l'entendre, qu'il ne t'avait jamais connue, que tu étais morte à sa naissance, alors que le vrai du vrai, c'est qu'il t'avait tuée pour naître.

Je n'ai pas réfléchi bien longtemps. C'est venu tout seul. J'ai pris un gros oreiller. J'ai fait disparaître son visage. J'ai attendu, longtemps. Il n'a pas bougé. Pour employer les termes de ceux qui nous jugent ici-bas, il n'y a même pas eu de préméditation, c'était la seule chose que je pouvais faire et je l'ai faite. J'ai enlevé l'oreiller et j'ai pleuré. J'ai pleuré en pensant à toi, et non à lui.

Ensuite je suis allé chercher Hippolyte Lucy, le docteur, pour lui dire que l'enfant ne respirait plus. Il m'a suivi. Il est entré dans la chambre. L'enfant était sur le lit. Il avait toujours ce visage de dormeur innocent, paisible et monstrueux.

Le docteur l'a déshabillé. Il a approché sa joue de sa bouche close. Il a écouté son cœur qui ne battait plus. Il n'a rien dit. Il a fermé sa sacoche puis il s'est tourné vers moi. Nous nous sommes regardés, longtemps. Il savait. Je savais qu'il savait mais il n'a rien dit. Il a quitté la pièce et m'a laissé seul avec le petit corps.

Je l'ai fait enterrer à tes côtés. Ostrane m'a dit que les nouveau-nés disparaissaient dans la terre comme un parfum dans le vent, avant même qu'on ait le temps de s'en apercevoir. Il m'a dit cela sans penser à mal. Il avait l'air de s'en émerveiller.

Je n'ai pas inscrit son nom sur la tombe.

Le pire, c'est que même aujourd'hui je n'ai aucun remords, et que je referais sans états d'âme ce que j'ai fait, comme je l'ai fait sans états d'âme alors. Je n'en suis pas fier. Je n'en suis pas honteux non plus. Ce n'est pas la douleur qui m'a fait faire cela. C'est le vide. Le vide dans lequel je suis resté, mais dans lequel je voulais rester seul. Lui, ç'aurait été un petit malheureux à vivre et grandir à côté de moi pour qui la vie n'était qu'un vide plein d'une seule question, un gros trou sans fond et très noir au bord duquel j'ai marché en rond, toujours, en te parlant pour que tous mes mots soient comme un mur auquel m'agripper un peu.

Hier, je suis allé traîner vers le pont des Voleurs. Tu te souviens ? Quel âge avions-nous ? Un peu moins de vingt ans ? Tu portais une robe couleur de groseilles. J'avais le ventre serré. Nous étions sur le pont et nous regardions la rivière. Ce courant, tu me disais, c'est notre vie qui passe, regarde comme elle va loin, regarde comme elle est belle, là, entre les fleurs de nénuphar, les algues aux cheveux longs, les berges de terre glaise. Je n'osais pas te prendre par la taille. J'avais dans mes tripes un nœud si violemment serré que je respirais avec peine. Tes yeux regardaient le lointain. Les miens regardaient ta nuque. Je sentais ton parfum d'héliotrope et celui de la rivière, tout de frais et d'herbes mâchées. Puis, sans que je m'y attende, tu t'es tournée vers moi, m'a souri, et tu m'as embrassé. C'était la première fois. L'eau courait sous le pont. Le monde avait l'éclat des beaux dimanches. Le temps s'est arrêté.

Hier, je suis resté longtemps sur le pont des Voleurs. La rivière est la même. Il y a toujours ces grands nénuphars, ces algues aux cheveux longs, ces berges de terre glaise. Toujours le parfum de frais et d'herbes mâchées, mais lui seul désormais.

Un enfant est venu près de moi. Un garçon aux yeux clairs. Il m'a dit : « Tu regardes les poissons ? » Il a continué, un peu déçu : « Il y en a plein mais on les voit jamais. » Je n'ai rien répondu. Il y a tant de choses qu'on ne voit jamais. Il s'est accoudé près de moi et nous sommes restés un bon moment ainsi, dans la musique des grenouilles et des remous. Lui et moi. Le début et la fin. Et je suis parti. Le garçon m'a suivi un moment, puis il a disparu.

Aujourd'hui tout est fini. J'ai épuisé mon temps et le vide ne me fait plus peur. Tu penses peut-être que moi aussi je suis un salaud, que je ne suis pas meilleur que les autres. Tu as raison. Bien sûr que tu as raison. Pardonne-moi pour tout ce que j'ai fait, et pardonne-moi surtout pour tout ce que je n'ai pas fait.

J'espère que tu vas pouvoir bientôt me juger, face à face. J'espère soudain que Dieu existe et avec lui tout son saint-frusquin, toutes les fariboles dont on nous farcissait la tête quand nous étions petits. Si cela est, tu auras du mal à me reconnaître. Tu as quitté un homme jeune, tu vas retrouver un presque vieillard, plein d'usures et de plaies. Toi, je sais que tu n'as pas changé. C'est le propre des morts.

Tout à l'heure, j'ai dépendu la carabine de Gachentard. Je l'ai démontée, graissée, nettoyée, remontée, chargée. Je savais que j'allais finir aujourd'hui mon histoire. La carabine est maintenant tout à côté de moi. Au-dehors, il fait un temps clair et léger. Nous sommes un lundi. C'est le matin. Voilà. Je n'ai plus rien à dire. J'ai tout dit, tout confessé. Il était temps.

Je peux maintenant te rejoindre.

Ce volume a été composé
par Euronumérique
et achevé d'imprimer en décembre 2003
sur presse Cameron par
Bussière Camedan Imprimeries
à Saint-Amand-Montrond (Cher)

Edition exclusivement réservée
aux adhérents du Club
Le Grand Livre du Mois
15 rue des Sablons
75116 Paris
réalisée avec l'autorisation des éditions Stock

ISBN : 2-7028-8554-3

N° d'impression : 035722/4.
Dépôt légal : août 2003.

Imprimé en France